BLACKIE BOOKS

Muriel Spark

La entrometida

Título original: *Loitering with Intent*

© del texto: Copyright Administration Ltd, 1981
© de la traducción: Lucrecia M. de Sáenz
© de la ilustración de cubierta: Janine Vangool, UPPERCASE
Publishing Inc.
© de la edición: Blackie Books S.L.
Calle Església, 4-10
08024 Barcelona
www.blackiebooks.org
info@blackiebooks.org

Diseño de cubierta: Sergi Puyol
Maquetación: David Anglès
Impresión: Liberdúplex
Impreso en España

Primera edición en esta colección: enero de 2026
ISBN: 979-13-87748-19-7
Depósito legal: B 19880-2025

I

Un día, a mediados del siglo xx, estaba sentada en un antiguo cementerio de Kensington que todavía no habían demolido, cuando se me acercó un policía. Era tímido, sonreía, y podría pensarse que atravesaba el césped para invitarme a un partido de tenis. Pero solo quería saber qué hacía yo allí, aunque era evidente que no le gustaba tener que preguntármelo. Le dije que estaba escribiendo un poema y le ofrecí un sándwich, que rechazó porque acababa de comer. Se quedó un rato hablando y se despidió: dijo que las tumbas debían de ser muy antiguas, que era agradable poder hablar con alguien, y me deseó buena suerte.

Fue el último día de toda una parte de mi vida, aunque en ese momento no lo sabía. Me quedé sentada sobre la lápida de una tumba victoriana, escribiendo el poema hasta que se puso el sol. Vivía cerca, en un cuarto alquilado, con una estufa de gas y un hornillo que funcionaban con chelines y peniques, lo que uno prefiriera o tuviera, de la época predecimal. Tenía la moral alta. Estaba sin trabajo, pero eso que, mirado con frialdad, podría haber sido un factor deprimente, en realidad no lo era. Tampoco la condición repugnante del propietario de mi casa, un tal señor Alexander, hombre de baja estatura. Me resistía a volver a casa por miedo a que me abordara. No le debía el alquiler, pero como tenía el pequeño cuarto que ocupaba atestado de libros, papeles, cajas y bolsas, provisiones y rastros de las visitas que acostumbraban a quedarse a tomar el té o venían muy tarde a verme, me insistía en que le alquilara una habitación de la casa más grande y más cara.

Había resistido a sus demandas hasta el momento, según las cuales yo me alojaba en una habitación doble por el precio de una individual. Al mismo tiempo, estaba fascinada por lo asqueroso que era. La señora Alexander, alta y altiva, se mantenía al margen de la cuestión del alquiler, empeñada en no ser confundida con una arrendadora cualquiera. Siempre llevaba el pelo negro y brillante, como recién salida de la peluquería, y las uñas pintadas de rojo. Entraba y salía con un saludo amable, como si fuese una inquilina más, pero de clase superior. Por mi parte, yo la observaba mientras le sonreía con amabilidad recíproca. No tenía nada contra los Alexander, excepto en lo referido a alquilar un cuarto más caro. Si él me hubiera echado a la calle tampoco les habría guardado rencor; más bien, habría quedado fascinada. En cierto modo sentía que el cerdo de Alexander era excelente en su calidad de cerdo, un ejemplar de primera categoría. Y aunque al regresar a casa trataba de evitarlo, también sabía que, de producirse el encuentro, podía ganar algo. La verdad es que tenía conciencia del *daimon* que gozaba en mi interior al ver a la gente tal como era, y no solo eso, sino viéndola más que nunca como era, más y más, cada vez mejor.

Por entonces yo tenía un grupo de amigos extraordinarios, llenos de bondad y de maldad. No tenía un centavo, pero flotaba en las alturas por haber escapado recientemente de la Asociación Autobiográfica (sin fines de lucro), donde me tenían por loca, cuando no por perversa. Voy a hablarles de la Asociación Autobiográfica.

Diez meses antes del día en que escribía mi poema en Kensington junto a las tumbas gastadas, cuando hablé con aquel policía tímido, llegó la carta con el «Querida Fleur».

«Querida Fleur.» Fleur era el nombre que azarosamente me pusieron al nacer, como pasa siempre, antes de saber cómo va a ser uno. No es que yo tuviera mal aspecto; solo que Fleur no era el nombre apropiado, y me pertenecía tanto como pertenecen sus nombres a esas melancólicas Alegra, esos apocados Víctor, esas Gloria sin gloria y esas Ángela materialistas que inevitablemente te cruzas en el curso de una larga vida de presentaciones e intromisiones. Incluso una vez conocí a un Lanzarote que, puedo asegurarlo, era de todo menos un caballero.

Como quiera que sea, la carta decía: «Querida Fleur: ¡Creo que te he encontrado un trabajo!», y continuaba, larga, aburrida. Era de una amiga bienintencionada cuya cara ya no recuerdo. ¿Por qué conservé esas cartas? ¿Por qué? Están todas cuidadosamente guardadas en finas carpetas atadas con una cinta rosa: 1949, 1950, 1951 y así sucesivamente. Me había formado como secretaria. Tal vez pensé que debía archivarlas y estoy segura de haber creído que algún día tendrían interés. Sin embargo, en sí mismas no son muy interesantes. Por ejemplo, poco antes de 1950, una librería me escribió para reclamarme un pago, o de lo contrario darían «los pasos pertinentes». En aquella época debía dinero a varias librerías; algunas más tolerantes que otras. Recuerdo que esa carta sobre los «pasos pertinentes» me pareció cómica, digna de ser guardada. Quizá les escribí diciéndoles cuánto me aterraba pensar en esos pasos que se acercaban cada vez más y más a mí. O quizá no les escribí, aunque lo pensé. Parece que al final les pagué, porque en mi carpeta está el recibo por cinco libras y media. Siempre quise tener libros y casi todas mis deudas eran por libros. Tenía uno muy raro que entregué en una librería para cancelar parte de lo que les adeudaba. No era bibliófila, ni mucho menos: los libros raros no me interesaban por la rareza sino por el contenido. Con frecuencia pedía libros en la biblioteca pública, pero también entraba en una librería y en mi anhelo de poseer, por ejemplo, los *Poemas completos* de Arthur Hugh Clough o las obras de Chaucer, entablaba conversación con el empleado y terminaba con una deuda.

«¡Querida Fleur, creo que te he encontrado un trabajo!»

Escribí a la dirección en Northumberland enumerando mis aptitudes como secretaria. Una semana después cogí el autobús para acudir a una entrevista en el hotel Berkeley con mi futuro empleador. Eran las seis de la tarde. Había previsto la intensidad del tráfico a esa hora, así que llegué temprano. Él había llegado más temprano, y cuando me dirigí al mostrador a preguntar si estaba, se levantó de un sillón y se acercó.

Era delgado y más bien alto, con el pelo blanco y una cara enjuta de pómulos salientes y sonrosados, aunque el resto de la cara era pálida. Su hombro derecho daba la impresión de adelantarse más que el izquierdo, como si constantemente hiciera el gesto de estrechar la mano, así que toda su persona tenía un aspecto algo torcido. Tenía un aire que parecía decir: «Soy distinguido. Me llamo sir Quentin Oliver».

Nos sentamos y bebimos jerez seco.

—Fleur Talbot —dijo—. ¿Es usted medio francesa?

—No. Simplemente a mi madre le gustaba el nombre de Fleur.

—Qué interesante... Bueno, ahora sí, permítame que le explique en qué consiste el trabajo.

El sueldo que me ofreció seguía congelado en 1936, aunque estábamos en 1949. Logré que elevara algo la suma y acepté el empleo porque prometía una experiencia totalmente nueva para mí.

—Fleur Talbot... —dijo, sentado en el Berkeley—. ¿Algún parentesco con los Talbot de Talbot Grange? El honorable Martin Talbot, ¿sabe a quién me refiero?

—No.

—No es su pariente. Claro que además están los Talbot de las Refinerías de Findlay, los del azúcar. Ella es muy amiga mía. Hermosa mujer. Demasiado para él, si le interesa saber mi opinión.

El apartamento londinense de sir Quentin Oliver estaba en Hallam Street, cerca de Portland Place. Yo iba a trabajar allí desde las nueve de la mañana hasta las cinco y media de la tarde; para llegar, pasaba frente al edificio de la BBC, donde siempre soñé conseguir un empleo, aunque nunca lo logré.

En Hallam Street me abría la puerta la señora Tims, el ama de llaves. La primera mañana, sir Quentin me la presentó como «Beryl, la señora de Tims», lo que ella, con acento aristocrático, corrigió como «la señora Beryl Tims». Mientras yo esperaba aún con el abrigo puesto, ellos discutieron sobre ese punto; él, con mucha amabilidad, sostuvo que antes de su divorcio ella había sido la señora de Thomas Tims pero que ahora, para ser precisos, era Beryl, la señora de Tims, y que de ninguna manera los usos sociales permitían que se la llamara «señora Beryl Tims», como si fuera viuda. Entonces la señora Tims le dijo que traería su carnet de seguro social, su cartilla de racionamiento y su documento de identidad para demostrar que su nombre era señora Beryl Tims. Sir Quentin sostuvo que los empleados de los ministerios que confeccionaban los documentos estaban mal informados. Añadió que más tarde le mostraría en uno de sus libros qué pensaba sobre los usos correctos del nombre propio. Dicho esto, se dirigió a mí.

—Espero que usted no sea discutidora —dijo—. La mujer discutidora es como un techo con goteras. Lo dicen en las Sagradas Escrituras, en los Proverbios, o en el Eclesiastés, no me acuerdo. Espero que usted no hable demasiado.

—Hablo muy poco —contesté, y era verdad, pero en cambio escuchaba mucho, porque mi novela, la primera, estaba en estado larvario.

Me quité el abrigo y se lo pasé con gesto algo altanero a la refinada señora Tims, que me lo arrebató, o casi, y se marchó taconeando por el suelo de parquet. Al alejarse miraba con desprecio mi abrigo, fabricado con una de esas telas ordinarias al final de la guerra. Entonces se aplicaba el calificativo «utilitario» a las prendas que usaba el pueblo llano, reconocibles por la etiqueta con un estampado de medias lunas superpuestas. Entre los ricos, que podían permitirse gastar cupones para ropa en artículos sin ese rótulo en comercios como Dorville, Jacqmar o los de Savile Row, había muchos que insistían en usar los «utilitarios» con el consabido «están muy bien hechos». Siempre estaba atenta para captar este tipo de expresiones.

Pero «está muy bien hecho» no era lo que Beryl Tims pensaba de mi abrigo. Seguí a sir Quentin a la biblioteca.

—Ven a mi tela, le dijo la araña a la mosca —dijo sir Quentin, y yo recibí su ingenio con la sonrisa afectada que consideraba parte de mi trabajo.

Durante la entrevista en el Berkeley, me había dicho que el trabajo era «... de tipo literario».

—Somos un grupo. Un grupo, debo decir, distinguido. Su función será sumamente interesante, aunque, desde luego, dependerán de usted la eficiencia y la mecanografía. Detesto la palabra «tipeo», tan anglosajona... Por otra parte, el armario de los papeles está muy desorganizado en este momento: es necesario ordenarlo. Su trabajo estará perfectamente especificado, señorita Talbot.

Hacia el final de la entrevista yo le había preguntado si se me pagaría algo al terminar la primera semana de trabajo, ya que no podría mantenerme durante un mes entero. Él, algo ofendido, adoptó una actitud distante. Quizá sospechara que quería trabajar una semana como prueba. Cosa que en parte era verdad, pero también era verdad que necesitaba cobrar pronto. Él dijo: «Claro, desde luego, si se encuentra en una situación *adversa*», en el mismo tono con que podría haberse referido a un caso de indisposición en alta mar. Mientras tanto, yo me preguntaba por qué había organizado la entrevista en un hotel de Londres en lugar de en la casa donde iba a trabajar.

Una vez allí, sir Quentin mismo respondió a mi interrogante.

—No invito a todo el mundo a mi casa, señorita Talbot.

En tono afable respondí que comprendía su actitud, que todos hacíamos lo mismo, y le eché una mirada al cuarto. No veía bien los libros porque estaban en vitrinas. Pero sir Quentin no se quedó satisfecho con lo de las actitudes comunes a todos porque eso nos colocaba en una posición de igualdad. De inmediato me aclaró que yo no lo había comprendido.

—Lo que quiero decir —manifestó— es que aquí se reúne un círculo muy especial con un objetivo sumamente delicado. El trabajo es absolutamente confidencial. Quiero que lo recuerde. Y, señorita Talbot, he entrevistado a seis señoritas y la he elegido a usted. También quiero que recuerde eso.

Para cuando acabó de decirlo ya estaba instalado detrás de su espléndido escritorio, arrellanado en el asiento, con los ojos entrecerrados, las manos levantadas a la altura del pecho, y las yemas de los dedos unidas. Yo me había sentado en el lado opuesto del escritorio.

—Ahí —dijo señalando un gran mueble antiguo— hay secretos.

No me alarmé porque, aunque estaba claro que era bastante rarito y para entonces yo ya sospechaba que andaba en algo sucio, nada en su voz o en su actitud hacía que pudiera considerarlo una amenaza hacia mi persona. De todas formas estaba alerta, más aún, estaba entusiasmada. En esa época, la novela que estaba escribiendo, mi primera obra, *Warrender Chase*, me llenaba la vida. Durante todo el período en que trabajé en esa novela me resultó extraordinario cómo, desde el primer capítulo, los personajes y las situaciones, las imágenes y los giros que más necesitaba aparecían simplemente, como de la nada, y llegaban al plano de mi percepción. No era que los reprodujera en términos fotográficos y literales. Ni por un instante se me ocurrió presentar a sir Quentin tal como era. Lo que me hacía tan feliz era el regalo que me ofrecían esas yemas de los dedos que se tocaban, esas palabras cobijadas como en un nido cuando dijo, señalando el mueble: «Ahí hay secretos», y también la idea palpitante de cuánto deseaba impresionarme, cuánto deseaba creer en sí mismo. Podría haber renunciado a mi empleo en aquel momento, para no volver a ver ni oír nada de sir Quentin, pero llevándome esas dos cosas y algo más. Me sentía como el armario de nogal hacia el cual agitaba una mano. «Ahí hay secretos», me decía mentalmente. Y al mismo tiempo, le prestaba atención a sir Quentin.

Con el paso de los años llegué a acostumbrarme al proceso de la captura artística en el curso normal del día, pero por entonces era algo enteramente nuevo para mí. La señora Tims me había despertado sensaciones igual de intensas. Mujer terrible. Pero, para mí, terrible de un modo hermoso. Debo señalar que en septiembre de 1949 no tenía la menor idea de si *Warrender Chase* me saldría bien. Pero tanto si fuera capaz de terminar el libro como si no, el entusiasmo era el mismo.

Luego, sir Quentin me explicó en qué consistía el trabajo. La señora Tims entró con el correo.

No obstante, sir Quentin la ignoró y añadió:

—No me ocupo del correo hasta después del desayuno. Me altera demasiado.

Conviene recordar que en aquella época el correo llegaba a las ocho de la mañana; los que no salían a trabajar leían sus cartas tomando el desayuno, mientras que quienes trabajaban las leían en el autobús. «Me altera demasiado.» Entretanto, la señora Tims se acercó a la ventana y dijo:

—Se han muerto.

Se refería a las rosas de un florero cuyos pétalos habían caído sobre la mesa. Juntó los pétalos, los metió dentro del florero y se lo llevó. Mientras lo hacía me miró y me sorprendió estudiándola. Como en una especie de ensimismamiento, seguí contemplando fijamente el lugar donde ella había estado. Quizás así conseguí engañarla, dándole a entender que no había estado observándola a ella de forma deliberada sino mirando el punto donde ella estaba parada, mientras yo pensaba en otra cosa. Quizá no la engañé. Nunca se sabe. La señora Tims siguió rezongando por las rosas marchitas hasta que salió del cuarto. Cada vez me recordaba más a la mujer de un hombre que conocía. La señora Tims incluso caminaba como ella.

Volví a concentrar mi atención en sir Quentin, que esperaba ver desaparecer a su ama de llaves con los ojos entrecerrados y en una actitud casi como de plegaria: los codos sobre los apoyabrazos del sillón, con las yemas de los dedos tocándose.

—La naturaleza humana —dijo— es algo extraordinario. Me parece verdaderamente extraordinaria. Usted debe de conocer el viejo refrán que dice: «La realidad supera a la ficción», ¿no?

Dije que sí.

Era un día seco y soleado de septiembre de 1949. Recuerdo haber mirado por la ventana, por la que se filtraba a ratos el sol a través de las cortinas de muselina. Tengo buena memoria auditiva. Cuando recuerdo ciertos encuentros del pasado o me los recuerdan algunas cartas viejas, en un torrente vuelven a mí, primero las imágenes auditivas y luego las visuales. Así recuerdo la manera de hablar de sir Quentin, en términos precisos, sus palabras y su tono cuando me dijo:

—¿Le interesa lo que le digo, señorita Talbot?

—Sí, sí. La realidad supera a la ficción.

Me había parecido que tenía los ojos demasiado cerrados para advertir que yo había vuelto la cabeza hacia la ventana. Yo había desviado la mirada para poder registrar en mi interior ciertos pensamientos instintivos.

—Tengo unos cuantos amigos —dijo, y esperó a que la afirmación hiciera su efecto. Consciente de mi deber, presté atención a lo que decía—. Amigos muy importantes. Formamos una asociación. ¿Sabe algo sobre las leyes británicas referidas a las calumnias? Mi querida señorita Talbot, son leyes muy restrictivas y muy severas. Por ejemplo, uno no puede poner en tela de juicio el honor de una dama; algo que nadie querría hacer si en realidad se trata de una dama, y en cuanto a decir la verdad sin rodeos con referencia a la propia vida cuando, como es lógico, están implicadas otras personas que aún viven... es bastante imposible. ¿Sabe lo que hicimos nosotros, quienes vivimos vidas extraordinarias, lo que se dice extraordinarias? ¿Sabe lo que hicimos con el fin de dejar los hechos registrados para la posteridad?

Dije que no lo sabía.

—Organizamos una Asociación Autobiográfica. Todos comenzamos a escribir nuestras memorias: la verdad, toda la verdad y nada más que la verdad. Y pensamos guardar estas memorias durante setenta años en un lugar seguro hasta que todas las personas mencionadas en ellas hayan muerto.

Sir Quentin señaló el precioso mueble, apenas iluminado ya por el sol que se filtraba a través de las cortinas. En ese momento deseé estar caminando por el parque, rumiando en mi mente el carácter de sir Quentin aun antes de saber nada más sobre él.

—Esa clase de documentos deberían estar guardados en la caja fuerte de un banco —opiné.

—Sí —dijo sir Quentin con aire aburrido—. Tiene mucha razón. Posiblemente sea el destino definitivo de nuestras reminiscencias biográficas. Pero no miremos tan lejos. Tengo que decirle que la mayoría de mis amigos están poco acostumbrados a la creación literaria. Yo, que tengo una inclinación natural en ese sentido, asumí la dirección de la empresa. Por otra parte, son gente muy destacada, con vidas exitosas, sumamente exitosas. De un modo u otro... esta época de cambio y posguerra... No se puede esperar... Bien, la cuestión es que ayudo a esta gente en la redacción de sus memorias, algo que ellos no tienen tiempo de hacer. Celebramos reuniones amistosas, encuentros, veladas y demás. Cuando estemos mejor organizados, nos reuniremos en mi propiedad de Northumberland.

Estas fueron las palabras de sir Quentin y yo disfruté al oírlas. Pensé en ellas cuando atravesaba el parque de vuelta a casa. Ya eran parte de mis propias memorias.

Al principio pensé que sir Quentin debía hacer una fortuna con este asunto de las memorias. La Asociación, como la llamaba, constaba de diez miembros. Me dio una abultada lista con los nombres y los datos biográficos correspondientes, seleccionados de tal modo que, en realidad, me revelaban mucho más acerca de sir Quentin que de las personas a las que allí se describía. Recuerdo con toda claridad mi intriga y mi regocijo al leer lo siguiente:

General de División sir George C. Beverley, Oficial del Imperio Británico, Orden del Mérito por Servicio Distinguido, ex miembro del selecto regimiento de los «Azules» y en la actualidad exitoso hombre de negocios, sumamente exitoso, en la City y en Europa continental. Sir George es primo de esa cautivante, infinitamente cautivante anfitriona, lady Bernice «Bucks» Gilbert, viuda del ex encargado de negocios en San Salvador, sir Alfred Gilbert, Caballero de la Orden de San Miguel y San Jorge, Oficial del Imperio Británico (1919), cuyo retrato, pintado por el famoso, ilustre retratista sir Ames Baldwin, Oficial del Imperio Británico, cuelga en el magnífico Comedor Norte de Landers Place, Bedfordshire, una de las propiedades ancestrales de la madre de sir Alfred, la incomparable y ahora difunta comtesse Marie Louise Torri-Gil, amiga de Su Majestad el rey Zog de Albania y de la señora Wilks, quien hizo su presentación en sociedad en San Petersburgo, amiga de sir Quentin, el que escribe, además de hija de un capitán de Caballería en la corte del último zar antes de contraer matrimonio con un Oficial Británico, el teniente Wilks.

Yo veía esto casi como un poema y de inmediato imaginé a sir Quentin, que me llevaba al menos treinta y cinco años, tal como era: un niñito solemne que construye, con aire absorto, un castillo de madera con sus fosos y sus torres. Y luego pensé en esa obra de arte, la presentación del general de División sir George C. Beverley con todos sus etcéteras, bajo el aspecto de una diminuta partícula de cristal, por ejemplo de azufre, ampliada sesenta veces y fotografiada en colores hasta adquirir el aspecto de una complicada mariposa o de una exótica flor marina. A partir de este primer ítem de la nómina de sir Quentin pensé en innumerables analogías artísticas para sus actividades y comprendí, también en un instante, cuánto fervor religioso había puesto en la obra.

—Debería estudiar la lista —dijo sir Quentin.

Sonó el teléfono y la puerta del estudio se abrió de par en par, ambos a la vez. Sir Quentin levantó el auricular y dijo «Hola», al mismo tiempo que miraba la puerta con preocupación. Entró trastabillando una mujer alta, delgada y viejísima, de aspecto deslumbrante, dado principalmente por la larga sarta de perlas sobre el vestido negro y por el pelo plateado reluciente. Tenía los ojos muy hundidos en las órbitas y una expresión alucinada. Mientras tanto, sir Quentin hablaba por teléfono muy animado:

—Ah, Clotilde querida, qué placer... Un momento, Clotilde, me interrumpen...

La vieja avanzaba, el rostro agrietado de maquillaje, la boca sonriente, un tajo escarlata.

—¿Quién es esta joven? —preguntó, refiriéndose a mí.

Sir Quentin había tapado el teléfono con una mano.

—Por favor —dijo con un susurro lleno de angustia mientras agitaba la otra mano—, estoy hablando por teléfono con la baronesa Clotilde du Loiret.

La vieja lanzó un chillido. Me pareció que reía, pero era difícil asegurarlo.

—Sé quién es. Crees que estoy gagá, ¿no? —dijo. Luego se volvió hacia mí y comentó—: Cree que estoy gagá. —Tenía las uñas tan largas que se curvaban como garras sobre la punta de los dedos. Las llevaba pintadas de rojo oscuro—. No estoy gagá —declaró.

—¡Mamá! —exclamó sir Quentin.

—¡Es tan esnob! —gritó su madre.

En aquel momento apareció Beryl Tims y forzó con gran firmeza la salida de la anciana, que, al retirarse, me dirigió una mirada furiosa. Sir Quentin reanudó su conversación telefónica, con abundantes disculpas.

Su esnobismo era inmenso, y sin embargo, en cierto sentido, era demasiado democrático para mi gusto. Él creía que el talento, aunque la naturaleza no lo distribuya equitativamente, más tarde puede ser conferido mediante un título, o adquirido por legado testamentario. En cuanto a las memorias, era posible que las escribiese o las inventara un escritor fantasma. Sospecho que de verdad creía que el valor de la taza de porcelana de Wedgwood en la que bebía el té en pequeños sorbos derivaba de que el sistema social había reconocido a la familia Wedgwood, y no de la calidad de esa porcelana que la familia se había esforzado por producir.

Al terminar la primera semana, ya estaba al tanto de todos los secretos del mueble del estudio de sir Quentin. Allí había diez manuscritos incompletos, creación de los miembros de la Asociación Autobiográfica.

—Cuando terminemos —dijo sir Quentin—, estos manuscritos resultarán muy valiosos para el historiador del futuro, aparte de que provocarán un escándalo. Creo que a usted no le costará mucho rectificar cualquier falta o incorrección en cuanto a forma, sintaxis, estilo, caracterización, imaginación, localismos, descripción, diálogo, construcción y otros aspectos menores. Deberá pasar a máquina estos manuscritos de forma absolutamente confidencial y, si cumple la tarea de manera completamente satisfactoria, más adelante se le permitirá estar presente en algunas de nuestras sesiones y tomar notas.

La anciana madre de sir Quentin entraba y salía cada vez que lograba escapar a la vigilancia de Beryl Tims. Me gustaban sus interrupciones cuando llegaba sacudiendo sus garras rojas y graznando que sir Quentin era un esnob.

Al principio sospechaba que el mismo sir Quentin era un impostor en lo que respectaba a su posición social. Sin embargo, más tarde descubrí que era todo lo que afirmaba ser, tras haberse educado en Eton y luego en Trinity College, Cambridge. Era miembro de tres clubes de los cuales solo recuerdo dos, el White's y el Bath y, además, tenía un título nobiliario y su divertida madre era hija de un conde. Yo tenía razón, aunque solo en parte, cuando trataba de explicar su esnobismo pensando que había decidido convertir el conocimiento de los hechos en una profesión rentable. Y la verdad es que durante la primera semana se me pasó por la cabeza la idea de lo fácil que podría ser usar toda esa información para dedicarse al chantaje. Mucho más tarde comprobé que eso era, ni más ni menos, lo que estaba haciendo, aunque lo que le interesaba no era el dinero.

Al volver a casa en los atardeceres dorados de aquel hermoso otoño, acostumbraba a caminar hasta Oxford Street, allí cogía un autobús hasta la esquina de los oradores en Hyde Park y luego atravesaba el parque para ir a Queen's Gate. Me fascinaba lo insólito de mi empleo. No tomaba notas, pero por la noche trabajaba casi siempre en mi novela y las ideas acumuladas durante el día se reorganizaban para dar forma a los dos personajes femeninos que había creado en *Warrender Chase*, Charlotte y Prudence. No podría decirse que Charlotte estuviera totalmente basada en Beryl Tims. Y tampoco era mi viejísima Prudence el retrato fiel de la madre de Quentin. El proceso de crear mis personajes era instintivo, era la suma de mi experiencia total de los demás y mi propio potencial. Desde entonces siempre me ocurre lo mismo. A veces no llego a conocer a un personaje de una de mis novelas hasta pasado algún tiempo de su escritura y publicación. En cuanto a Warrender Chase, lo tenía delineado y fijado mucho antes de haber conocido a sir Quentin.

Ahora que llego a esta parte de mi autobiografía, recuerdo con claridad, de la época en que estaba escribiendo *Warrender Chase* sin tener mayores esperanzas de publicarla pero sí la compulsión de escribirla, mi vuelta a casa una tarde mientras reflexionaba sobre la novela y sobre Beryl Tims como tipo social. Me detuve en medio del sendero. La gente pasaba junto a mí en ambas direcciones; como yo, volvía a casa después del trabajo. En ese instante, lo que había estado pensando sobre la tipología de la señora Tims se me borró por completo de la mente. La gente se adelantaba mientras yo me quedaba inmóvil. Jóvenes con trajes oscuros y chicas con sombrero y abrigos de corte sastre. La idea se me presentó clara: «¡Qué maravillosa sensación la de ser una artista y una mujer del siglo xx!». Ser mujer y vivir en el siglo xx eran dos hechos obvios. Ser una artista era una convicción tan honda que nunca se me ocurrió dudar de ella, ni entonces ni ahora. Aquel día de septiembre de 1949, de pie en el sendero de Hyde Park, sentí que convergían en mí, de forma milagrosa, tres hechos y no dos. Seguí mi camino, llena de felicidad.

Pensaba mucho en Beryl Tims. Ella era el tipo de mujer que yo identificaba como la Rosa Inglesa. En realidad, las mujeres como ella no me parecían en absoluto una Rosa Inglesa pero yo sentía que ellas se veían a sí mismas como Rosas Inglesas. Era un tipo de mujer que me desagradaba pero a la vez me fascinaba, tan grandes eran mi imaginación y mi necesidad de conocerlo todo. Su risita afectada cuando estábamos solas, y su codicia, eran alimento para mi vigilia poética, hasta tal punto que yo le dirigía las mismas risitas afectadas para estimularla. Creo que hasta ejercitaba mi propia codicia por sus reacciones, provocándolas. Una vez elogió mi broche, el mejor de los que yo tenía, una miniatura de forma ovalada pintada sobre marfil, engarzada en una aleación de cobre. Era del siglo xviii y representaba a una chica con el pelo suelto y desarreglado. Beryl Tims admiró el broche prendido en la solapa de un traje de dos piezas, típico de la época. Mientras tomaba mi café de la mañana sentada en la cocina, odié a Beryl Tims, que no paraba de decir tonterías y me dirigía risitas y hacía comentarios sobre mi broche. Tanto la odié que me lo quité y se lo di, en realidad para absolverme por mi propio odio. Su respuesta, el brillo de sus ojos, la exclamación que brotó de su gran boca de labios gruesos fueron mi recompensa.

—¿En serio me lo regala? —exclamó.

—Claro que sí.

—¿No le gusta?

—Sí que me gusta.

—Entonces ¿por qué lo regala? —preguntó con la suspicacia desagradable de alguien que probablemente siempre había sido maltratada. Se colocó el broche en el vestido. Se me ocurrió que quizá fuese el señor Tims el que la había maltratado.

—Se lo doy, se lo regalo con mucho gusto —dije, y era sincera. Tomé mi taza vacía y la enjuagué en el fregadero. Beryl Tims hizo lo mismo con la suya.

—Siempre mancho con pintalabios el borde de la taza —comentó—. A los hombres no les gusta ver pintalabios en el borde de la taza o del vaso, ¿no es verdad? Sin embargo, les gusta que nos pintemos los labios. A mí siempre me admiraron por el tono de mi pintalabios. Se llama Rosa Inglesa.

Realmente se parecía a la horrible esposa de mi amante. Después dijo:

—A los hombres les gusta ver alguna pequeña joya en una mujer.

Cuando estábamos solas, siempre tocaba el tema de lo que les gustaba a los hombres. En mi segunda semana de trabajo, me preguntó si pensaba casarme.

—No. Escribo poesía. Quiero escribir. El matrimonio sería un obstáculo.

Lo dije con naturalidad y sin premeditación, pero tal vez sonó soberbio, porque ella me miró con aire escandalizado y dijo:

—Pero sin duda podría casarse y tener hijos y escribir poemas mientras ellos duermen.

Sonreí al oírla. Yo no era guapa, pero sabía que mi sonrisa me transformaba el rostro y que por uno u otro motivo había logrado que Beryl Tims se pusiera furiosa.

Esa expresión escandalizada me recordó mucho a la que me dirigió un día Dottie, la esposa de mi amante. Debo decir que Dottie tenía más educación que Beryl Tims, pero la expresión era idéntica. Acababa de reprocharme mi relación amorosa con su marido, cosa que me pareció de mal gusto.

—Sí, lo quiero, Dottie —repliqué—. Lo quiero a veces, cuando no me impide escribir poesía y lo demás. De hecho acabo de comenzar una novela que exige mucha concentración poética, ya que, como ves, todo lo concibo desde un punto de vista poético. Por eso es posible que mi relación con Leslie sea más bien de «no» que de «sí».

Dottie se sintió aliviada al saber que no corría el riesgo de perder a su hombre, pero al mismo tiempo se horrorizó ante lo que calificó como «actitud antinatural», que para mí era totalmente natural.

—Tu cabeza manda sobre tu corazón —dijo horrorizada.

Le dije que era una manera tonta de expresar las cosas. Era verdad, y ella lo sabía, pero en momentos de crisis Dottie siempre caía en lo banal. Era una moralista y me acusó de soberbia espiritual.

—El orgullo precede a la caída —dijo.

Sí, yo tenía orgullo: era mi vocación. No podía actuar de otra manera, y en mi experiencia nunca he visto que el orgullo necesariamente preceda a una caída. Dottie era una mujer de gran tamaño, con un rostro juvenil y dulce, pechos y caderas abundantes, tobillos gruesos. Era católica, muy aficionada al culto de la Virgen María, sobre cuyos favores solía engañarse bastante, traicionando a menudo su inteligencia bastante aceptable al hablar de forma meliflua sobre Nuestra Señora.

A pesar de eso, una vez que Dottie dijo lo que quería decir, se quedó callada. En su cuarto de baño vi un frasco de perfume llamado Rosa Inglesa, cosa que me repugnó y al mismo tiempo me reconfortó por confirmar el personaje que ya se perfilaba en mi mente. Durante mi vida he aprendido mucho de Dottie cuando me enseña preceptos que yo provechosamente rechazo. Ella, en cambio, no ha aprendido nada útil de mí.

Pero Beryl Tims era la más Rosa Inglesa de las dos y, por lo tanto, la más desagradable. Además, en aquel momento la frecuentaba bastante más que a Dottie. Pero no la vi en plena acción hasta varias semanas más tarde, durante una reunión informal de la Asociación Autobiográfica, cuyas memorias yo había estado copiando a máquina y redactando en una lengua inteligible. Hasta entonces había visto cómo Beryl le hablaba a sir Quentin con un tono provocativo que nunca lo provocaba de la manera que ella deseaba. Beryl no era capaz de verlo, pero era tonta.

—A los hombres les gusta que una se les resista —me dijo—, pero a veces sir Quentin me interpreta mal. Y tengo que vigilar a su madre, ¿no?

Ella peleaba con sir Quentin. Era evidente que pretendía excitarlo sexualmente, pero sin éxito. Solo un rango elevado o los títulos de nobleza eran capaces de provocar estremecimientos orgiásticos en la cara y el cuerpo de sir Quentin. Pero mantenía a Beryl Tims esperanzada. Además, yo había estudiado cuidadosamente cómo era Beryl Tims con la viejísima lady Edwina, la madre de sir Quentin. Beryl era su carcelera y su dama de compañía.

2

A pesar de que ninguna había avanzado más allá del primer capítulo, las memorias escritas por los miembros de la Asociación Autobiográfica ya tenían una serie de elementos en común. Uno de ellos era la nostalgia; otro, la paranoia; el tercero, el ansia de los autores por aparecer como figuras agradables. Creo que vivían su vida regidos por el principio de que lo que eran, hacían y deseaban tenía que, por encima de todo, parecer bonito. Pasar a máquina y dar sentido a estas composiciones era un suplicio para mi espíritu, hasta que descubrí el método para empeorarlas de manera experta. Todos los involucrados estuvieron encantados con el resultado.

El viernes 4 de octubre, cinco semanas después de haber comenzado a trabajar, se convocó una reunión de la Asociación para las tres de la tarde. Hasta el momento no había conocido a ninguno de los miembros, porque la última reunión mensual había tenido lugar un sábado.

Aquella mañana, Beryl Tims montó una escena cuando sir Quentin le dijo:

—Señora Tims, quiero que esta tarde mantenga a mamá bajo control.

—Bajo control —repitió Beryl—. Me gusta que lo diga.

¿Cómo puedo mantener a la señora bajo control y servir el té al mismo tiempo? ¿Cómo puedo impedir sus precipitaciones?

Yo le había enseñado la frase a Beryl, para divertirme un poco, un día en que la oí quejarse porque la anciana había hecho pis en el suelo. No estaba del todo convencida de que fuera a utilizarla.

—Tendría que estar en una residencia —le dijo Beryl a sir Quentin—. Necesita una enfermera particular —repetía siempre con tono quejumbroso.

Sir Quentin pareció preocupado pero también impresionado.

—Precipitaciones —repitió, con los ojos abstraídos en la pared, como si saboreaise un vino que le era desconocido, pero estaba más que dispuesto a aprobar.

A esas alturas yo tenía ya cierto afecto por lady Edwina, creo que en parte porque yo le caía muy bien. Pero también porque me divertían sus apariciones dramáticas y sus comentarios inesperados. Yo sabía que estaba mucho menos confusa mentalmente de lo que aparentaba en presencia de su hijo o de Beryl, porque a veces, cuando estábamos las dos solas en la casa, hablaba durante mucho rato con un tono de voz natural. Y por alguna razón, en esas ocasiones solía dirigirse con paso inseguro al cuarto de baño y llegaba a tiempo. Decidí que su incontinencia y su conducta irracional delante de sir Quentin y de Beryl se debían al temor, o al odio que sentía hacia ellos, y que, además, ambos la ponían nerviosa.

—No puedo ocuparme de su madre esta tarde —dijo Beryl, abriendo sus labios de Rosa Inglesa, la mañana del día de la reunión.

—Qué lástima —dijo sir Quentin—. Qué lástima.

Para sumarse a la confusión, en aquel momento llegó la misma lady Edwina, tambaleándose.

—Creen que estoy gagá, ¿eh? Fleur, querida, ¿tú crees que estoy gagá?

—Claro que no —dije.

—Quieren hacerme callar, pero no van a conseguirlo.

—¡Mamá! —exclamó sir Quentin.

—Quieren darme somníferos para mantenerme callada esta tarde. Qué gracioso. Porque no pienso tomar ninguna pastilla. Esta casa es mía, ¿no? Y puedo hacer lo que quiera en mi propia casa, ¿no? Puedo recibir o no, según se me antoje, ¿no?

Yo suponía que la anciana era rica. Un día me había contado algo que su hijo quería que hiciera para evitar el impuesto sucesorio: que le entregase todos sus bienes, aunque ella decía que de todos modos no tenía muchos y que de ninguna manera iba a aceptar ser una reina Lear... Yo no intervine mucho en esta conversación, porque preferí conjeturar sobre un tema muy lúcido e interesante: el posible carácter y los rasgos de la difunta reina Lear. En realidad, a lady Edwina no le pasaba nada, salvo que su hijo y Beryl Tims la deprimían. En cuanto a su aspecto extravagante, me gustaba. Me gustaba ver esa mano temblorosa y marchita con sus garras señalando con gesto acusador, me gustaban sus cuatro dientes verdosos entre los cuales silbaba y graznaba. Ella alegraba mis horas de trabajo con sus ojos de loca y sus vestidos de preguerra, de encaje negro o drapeados, de seda estampada adornada con lentejuelas relucientes. Al verla enfrentarse a la señora Tims y a sir Quentin invocando sus derechos, me hice alguna pregunta sobre toda esa historia. Seguramente la escena se repetía desde hacía años. Beryl Tims miraba deprimida la alfombra bajo los pies de lady Edwina, sin duda esperando una nueva precipitación. Quentin estaba sentado con la cabeza echada hacia atrás, los ojos cerrados y las manos unidas por las yemas de los dedos, en elegante actitud de plegaria.

—Lady Edwina —le dije—, puede descansar un poco esta tarde, y si tiene ganas después podría venir conmigo a cenar a casa.

Aceptó el soborno sin titubear. Todos lo aceptaron con una sucesión de sugerencias atropelladas: llévela en un taxi, quiero pagarlo, podemos pedir un taxi para las seis, no, no es necesario pedirlo, acepto encantada, querida señorita Talbot, qué idea excelente, qué idea original. El taxi las llevará... Podemos ir a buscarte, mamá, en un taxi. Mi querida señorita Talbot, cuánto se lo agradecemos. Bueno, mamá, después de la comida irás a descansar a tu cuarto.

Lady Edwina salió en tortuosa trayectoria para llamar por teléfono a su peluquera: conocía a una aprendiza que siempre respondía a su llamada para peinarla. Recuerdo que sir Quentin y Beryl Tims siguieron diciéndome lo agradecidos que estaban. En ningún momento se les ocurrió que realmente yo pudiese tener deseos de pasar la tarde con mi nueva devastada amiga, un ser que los molestaba a ellos, pero no a mí. Luego pensé en lo que tenía en casa para comer: huevas de arenque sobre tostadas y café instantáneo con leche, una cena perfecta para la edad de lady Edwina y para la mía. Las latas de huevas y de café formaban parte de una pequeña reserva de manjares preciosos que yo guardaba. En esa época, la comida estaba estrictamente racionada.

A las dos de la tarde se había retirado a descansar después de haber vuelto a decirme que pensaba ponerse el vestido gris torcaza con bata bordada, aunque solo fuese para hacer rabiar a la señora Tims, que le había aconsejado una falda y un jersey viejos, más acordes con mi cuarto alquilado. Le dije que tenía mucha razón y que se abrigase bien.

—Tengo mi chinchilla —me dijo—. Tims tiene los ojos puestos en mi chinchilla, pero se la dejaré a los misioneros para que la vendan y ayuden con el dinero a los pobres. Eso hará reflexionar un poco a Tims el día que me muera, siempre que me sobreviva. Porque nunca se sabe.

Solo seis de los diez miembros convocados podían asistir.

Fue una tarde de actividad. En un rincón del estudio, yo escribía a máquina mientras iban llegando uno por uno los seis miembros.

Probablemente había esperado demasiado de ellos. Hacía años que preparaba mi novela *Warrender Chase* y me había acostumbrado a trazar primero una presencia imaginaria en mi mente, para añadirle después una historia. En el caso de los invitados de sir Quentin, las historias se habían presentado antes que los personajes físicos. A medida que entraban, intuí su angustia. No solo había leído los registros fabulosos de sir Quentin con el *Quién es Quién* de cada integrante, sino que además había leído el primer capítulo de sus patéticas memorias. A medida que iba retocándolas, había empezado a considerarlas ficciones mías basadas en las invenciones originales de sir Quentin. Aquella tarde serena y soleada de octubre, esas personas, cuyas cualidades él había elaborado hasta hacerlas distinguidas aun en su máxima rareza, entraron en el estudio con evidente aprensión.

Sir Quentin se desplazaba por el cuarto con vivacidad: disponía los asientos, hacía chasquear la lengua y cuando se acordaba me presentaba a alguno de ellos.

—Sir Eric, mi nueva y, me alegro de añadir, eficiente secretaria, la señorita Talbot. No tiene relación, según parece, con la distinguida rama de la familia a la cual pertenece su querida esposa.

Sir Eric era un hombre menudo, tímido. Estrechó la mano de todos con aire furtivo. Supuse, con razón, que se trataba del sir Eric Findlay, caballero del Imperio Británico, comerciante en el ramo del azúcar, cuyas memorias, como las otras, no habían llegado más allá del primer capítulo: AÑOS DE INFANCIA. El personaje principal aquí era la niñera, Nanny. Yo había animado un poco el material haciendo que, en ausencia de los padres, Nanny y el mayordomo se balancearan juntos en el caballito de madera del cuarto de los niños, mientras mantenían al pequeño Eric encerrado en la despensa para que limpiase la platería.

En esta etapa inicial, el método de sir Quentin consistía en enviar un juego de copias preliminares de los primeros capítulos a cada uno de los diez miembros. Así, los seis presentes y también los cuatro ausentes ya habían visto la copia a máquina, la propia y la de los otros. Al principio sir Quentin había considerado algo exagerados mis añadidos: «Querida señorita Talbot, ¿no le parecen un poquito demasiado, demasiado...?». Después de haberlo consultado con la almohada, quedó claro que encontraba ciertos méritos en mi contribución, por haber descubierto en ella algunas ventajas que podrían redundar en su propio beneficio. A la mañana siguiente me dijo:

—Bien, señorita Talbot, comprobemos el efecto que causan en ellos las versiones que ha preparado usted. Después de todo, vivimos en tiempos modernos.

Entonces adiviné que planeaba inducirme a que incluyera en esas memorias material aún más comprometedor, pero yo no pensaba añadir nada más que lo que alegrara un poco los aspectos aburridos del trabajo y lo que pudiese nutrir mi imaginación para *Warrender Chase*. Sus propósitos, entonces, eran muy diferentes de los míos, pero al mismo tiempo coincidían en cuanto a que él tenía planes inútiles sobre cómo podía utilizarme y yo trabajaba para él a gran ritmo: en aquellos tiempos no abundaban las fotocopiadoras.

Durante la reunión presté mucha atención a los seis miembros, sin llegar a estudiarlos directamente con la mirada. Siempre prefería lo que veía con el rabillo del ojo, por decirlo de algún modo. Además del menudo sir Eric Findlay, los presentes eran lady Bernice Gilbert, apodada «Bucks», la baronesa Clotilde du Loiret, una señora llamada Wilks, la señorita Maisie Young y un sacerdote que había colgado los hábitos, el padre Egbert Delaney, cuyas memorias insistían de forma obsesiva en que había dejado los hábitos por una pérdida de fe, no de moral.

Lady Bernice Gilbert apareció majestuosamente y al principio dominó al grupo.

—¡Bucks! —exclamó sir Quentin, abrazándola.

—Quentin —repuso ella con voz ronca.

Tenía unos cuarenta años y vestía las prendas nuevas que adquirían en cantidad quienes tenían dinero para hacerlo, puesto que hacía pocos meses se había levantado el racionamiento de ropa. Bucks llevaba un conjunto de los llamados *new look*: sombrero de casquete con velo corto, abrigo con mangas acampanadas y larga falda acampanada, todo de color negro. Ocupó una silla cerca de mí. Su presencia física estaba intensamente perfumada. Era la última persona a la que yo hubiera asociado con ese primer capítulo. En contraste con las historias de los otros, la suya no era la de un semianalfabeto, o poco menos, en cuanto a su capacidad de construir oraciones correctas. Su historia comenzaba con ella misma, sola en una iglesia, a los veinte años.

Pero en ese momento me llamaron para saludar a la señorita Maisie Young, una chica alta y atractiva, de unos treinta años, que caminaba con un bastón porque tenía una de las piernas dentro de un aparato que parecía ser parte de su vida y no un elemento transitorio producto de un accidente. Me interesé por ella y me pregunté qué hacía en ese coro que parloteaba en forma incoherente. Más aún, me asombraba que tuviese relación con el capítulo de memorias que llevaba su nombre y que era un tratado ininteligible sobre el Cosmos y sobre cómo Ser es Devenir.

—¡Maisie, Maisie querida! ¿Te sientas aquí? ¿Estás cómoda? ¡Querida Clotilde! Queridísimo padre Egbert... ¿Están todos cómodos? Dame el abrigo. Señorita Talbot, sería tan amable, amabilísima, de tomar el abrigo de la baronesa Clotilde...

La baronesa Clotilde, cuya capa de armiño cogí y entregué fuera del despacho a la radiante señora Tims, había situado sus memorias en un encantador *château* francés cerca de Dijon donde las cosas se conjuraban siempre contra la baronesa de dieciocho años. Tuve un segundo para pensar y por un momento me intrigó que Clotilde, según su autobiografía, tuviese dieciocho años en 1936, cuando en 1949 estaba bien entrada en la cincuentena. Pasamos al padre Egbert, con su chaqueta de cuadros de príncipe de Gales y sus pantalones de franela. Su cara era como la de un muñeco de nieve, con piedrecitas negras por ojos, nariz y boca. Su autobiografía comenzaba así: «Tomo la pluma con cierta aprensión». Ahora estaba estrechando la mano de la señora Wilks, una mujer gorda, de unos cincuenta y cinco años y expresión alegre, vestida de color lila, envuelta en varios chales ligeros como velos y muy pintada. Como se había criado en la corte del zar de Rusia, sus memorias tendrían que haber sido interesantes, pero solo había llegado a escribir un relato muy aburrido sobre la gran maldad de sus tres hermanas y sobre la incomodidad del palacio real, donde las cuatro niñas debían compartir habitación.

Todos los escritos, con la excepción del de Bernice Gilbert, eran como de gente más o menos analfabeta. Yo esperaba, oyéndolos charlar y soltar exclamaciones, saber qué opinaban de mis cambios.

En ese momento entró en el estudio la señora Tims con aire de estar cumpliendo una misión importante, y al pasar me informó que lady Edwina dormía apaciblemente.

Para mí fue una reunión extraordinaria. Los primeros veinte minutos se dedicaron a las presentaciones mutuas y a exclamaciones de todo género. El padre Egbert y sir Eric, que al parecer conocían a los cuatro miembros ausentes, estuvieron un rato hablando de ellos. Luego sir Quentin dijo:

—Señoras y señores, solicito su atención.

Todos dejaron de hablar, salvo Maisie Young, quien decidió terminar de decir lo que estaba contándome acerca del Universo. Delante de sí tenía extendida la pierna aprisionada por los hierros, lo que parecía darle una especie de derecho para conversar más tiempo que el resto. Su bolso tenía una correa larga de cuero flexible, y noté que la sostenía enrollada entre los dedos, como si fuese una rienda. No me sorprendió cuando más tarde me enteré de que la pierna paralizada de Maisie se debía a un accidente de equitación.

El resto de los presentes había callado, pero Maisie seguía hablando con aplomo y voz fuerte: «Existen ciertos fenómenos universales acerca de los cuales no nos corresponde indagar a nosotros los mortales». No reparé mucho en una proposición tan absurda, aunque las palabras aún resuenan en mi mente. Había dicho muchísimos disparates, casi todos en torno a la idea de que las autobiografías debían comenzar con las verdades definitivas del Más Allá, en lugar de perder el tiempo con descripciones de los hechos concretos de la vida. Aunque yo estaba totalmente en contra de las ideas de Maisie, le estaba cogiendo cierta simpatía y en particular me gustó la forma en que siguió hablando en el cuarto que había sido llamado a silencio, insistiendo en que existían cosas en la vida sobre las que no había que preguntar al mismo tiempo que había iniciado su propia autobiografía con esas preguntas, ni más ni menos. En la naturaleza humana, las contradicciones son uno de los rasgos más constantes, y por eso yo consideraba que Maisie tenía un carácter bastante sólido. Como la historia de mi propia vida está en la misma medida constituida por los secretos de mi oficio y por otros hechos, es oportuno señalar aquí que para que un personaje suene auténtico debe ser en cierto modo contradictorio, debe mostrar alguna paradoja. Y yo había visto ya dónde fallaban los autorretratos de los diez testigos de sir Quentin, dónde sonaban rígidos y falsos: era en los puntos donde se esforzaban por mostrar una consistencia y una disciplina que obviamente deseaban poseer pero no poseían. Yo no había hecho más que incorporar mis pequeños remiendos inventados, pero más con el objeto de animar la cosa que de dar coherencia interna a cada personaje. Sir Quentin, siempre cortés con su clientela, esperaba sentado sonriente mientras Maisie ponía fin a su enfática arenga: «Existen ciertos fenómenos universales acerca de los cuales no nos corresponde indagar a nosotros los mortales...».

En ese momento Beryl Tims entró intempestivamente, movida por alguna misión práctica aunque innecesaria. Según parecía, por haber sido ignorada como mujer estaba empeñada en actuar como un hombre. Fue inevitable que atrajese la atención de todos con su taconeo y con sus golpes, relacionados con algo que ya no recuerdo.

Cuando se retiró, sir Quentin hizo un ademán de proseguir con sus palabras de introducción, pero tuvo que dejarlas de lado. Habló sir Eric Findlay. Era evidente que para hacerlo necesitaba juntar todo su valor.

—Quentin —dijo—, se han modificado mis memorias.

—Vaya —dijo sir Quentin—. Espero que se hayan beneficiado. Puedo disponer que se borre lo que resulte ofensivo.

—No he dicho que fuera «ofensivo» —dijo sir Eric, lanzando una mirada recelosa a su alrededor—. La verdad es que han hecho unos cambios muy interesantes. En realidad, me preguntaba cómo adivinaron que el mayordomo me encerró en la despensa para que lustrase la platería, porque es lo que hizo. Sí, me encerró. Pero que Nanny, mi niñera, se meciera en el caballito... No, Nanny era una mujer muy religiosa. En mi caballo de madera, y con el mayordomo... No sé... No es el tipo de cosa que ella habría hecho.

—¿Estás seguro? —preguntó sir Quentin, señalándolo con el dedo en un gesto malicioso—. ¿Cómo puedes estar seguro, si estabas encerrado en la despensa? En tus memorias, tal como las hemos revisado, te enteraste de su travesura por un criado. Pero si en la realidad...

—Mi caballito-balancín no era muy grande —insistió sir Eric Findlay, caballero del Imperio Británico— y Nanny, aunque no era gordita, no hubiera cabido sobre él con el mayordomo, que aunque tampoco era gordo, era bastante robusto.

—Si me permite una opinión —dijo la señora Wilks—, hallé muy entretenida la composición de sir Eric. Sería una lástima sacrificar a la niñera mala y al mayordomo canalla privándolos de mecerse en el caballito de sir Eric, y me agrada en particular el realismo crudo de ese olor a brillantina en el pelo del criado cuando se inclina para contarle a sir Eric *qué era* lo que acababa de descubrir. Explica tanto acerca del Eric *que es*... La psicología es algo maravilloso. De hecho, lo es todo.

—En realidad, mi niñera no era mala —murmuró sir Eric—. La verdad es que...

—Era absolutamente malvada —declaró la señora Wilks.

—Estoy de acuerdo —dijo sir Quentin—. Es evidente que era una mujer siniestra.

Lady Bernice «Bucks» Gilbert dijo con su voz ronca:

—Sugiero que dejes las memorias tal como las ha redactado Quentin, Eric. Hay que ser objetivos con estas cosas. Creo que son muy superiores al primer capítulo de las mías.

—Lo consultaré con la almohada —murmuró sir Eric.

—¿Y tus memorias, Bucks? —dijo sir Quentin, con ansiedad—. ¿No te gustan hasta ahora?

—Me gustan y no me gustan, Quentin. Les falta algo.

—Podemos remediar eso, querida Bucks. ¿Qué les falta?

—Les falta un *je ne sais quoi*, Quentin.

—Sin embargo, te diré, Bucks —intervino la baronesa Clotilde du Loiret—, que encontré tu escrito muy fiel a ti. Cómo expresarlo... la atmósfera en cuanto se levanta el telón... Se levanta el telón y apareces en la iglesia vacía. En la iglesia vacía con su perfume a incienso y tú rezándole a la Virgen en tu hora de necesidad. Te juro que me transportó, Bucks. En serio. Y entonces entra el padre Delaney y posa una mano sobre tu hombro y...

—Yo no estaba allí. No fui yo. —Ahora hablaba el padre Delaney—. Aquí hay un error que debe ser rectificado. —Miró primero a sir Quentin y luego fijó en mí sus ojos redondos como piedrecitas. Tenía las manos regordetas entrelazadas. Volvió a mirar a sir Quentin y le dijo—: En honor a la verdad debo decir que no soy el padre Delaney descrito en la primera escena de lady Bernice. Lo cierto es que en la época a la que ella se refiere yo era seminarista en el Beda de Roma.

—Querido padre —dijo sir Quentin—, no es necesario que seamos tan literales. Existe algo que se llama la licencia artística. A pesar de eso, si se niega a que lo mencionen...

—Tomé mi pluma con cierta aprensión —declaró el padre Delaney y luego miró con horror a las mujeres, yo entre ellas, y con terror a los hombres.

—En realidad, no nombro al sacerdote —dijo Bucks—. No dije en ningún momento que todo ese diálogo tuviera lugar en la iglesia. Me limité a...

—Sí, pero tiene un efecto de gran *tendresse* —dijo la señora Wilks—. Mis memorias no tienen nada tan conmovedor. ¡Ojalá lo tuviesen! Mis memorias...

En ese punto entró lady Edwina, trastabillando.

—¡Mamá! —exclamó sir Quentin.

Me levanté de un salto y le acerqué una silla. Todo el mundo había saltado para hacer algo por lady Edwina. Sir Quentin agitó las manos, le suplicó que se fuera a descansar y preguntó:

—¿Dónde está la señora Tims?

Obviamente temía que su madre montara una escena. Yo

también lo temía. Pero lady Edwina no lo hizo. En cambio, se adueñó de la reunión como si se tratase de un té de señoras, e interrumpió el proceso con la excusa de su edad avanzada y de su recién revelado encanto. Su representación me impresionó. Lady Edwina conocía a algunos de los presentes por el nombre, preguntó por sus familiares tan atentamente que dejó de tener importancia que varios hubiesen muerto años atrás. Cuando la señora Tims entró con el té y los panecillos en una bandeja, exclamó:

—¡Ah, Tims! ¿Qué exquisiteces nos trae?

Beryl Tims se quedó atónita al verla allí sentada, bien despierta, con el rostro empolvado y el vestido de raso negro con manchas frescas de polvo facial en el escote y los hombros. Estaba furiosa, pero se puso la sonrisita de Rosa Inglesa y con gran diligencia colocó la bandeja delante de lady Edwina, que en aquel instante le preguntaba al padre sin sotana:

—¿Usted es el párroco de Wandsworth vestido de civil?

—Lady Edwina, es su hora de descanso —trató de persuadirla la señora Tims con tono zalamero—. Vamos, venga. Venga conmigo.

—No, no, nada de eso —dijo el padre Egbert irguiéndose y alisándose la chaqueta de príncipe de Gales—. ¡No pertenezco a ninguna jerarquía religiosa de ninguna denominación!

—Vaya, pues a mí me huele a cura —dijo lady Edwina.

—¡Mamá! —le reprochó sir Quentin.

—Venga, vamos —repitió la señora Tims—. Esta es una reunión seria, una reunión de trabajo de sir Quentin...

—¿Cómo prefiere su té? —preguntó lady Edwina a Maisie Young—. ¿Suave o fuerte?

—Regular, por favor —dijo la señorita Young, y me miró de reojo por debajo de su sombrero de fieltro, como si necesitase juntar valor.

—¡Mamá! —volvió a decir sir Quentin.

—Pero ¿qué le sucedió a su pierna? —preguntó lady Edwina a Maisie Young.

—Tuve un accidente —repuso Maisie en voz baja.

—¡Lady Edwina! Preguntar eso... —dijo la señora Tims.

—Retire su mano de mi brazo, Tims —le dijo Edwina.

Cuando terminó de servir el té y hubo preguntado a la baronesa cómo se las ingeniaba para conservar su capa de armiño sin rastros de olor a naftalina, y después de que yo ayudara a sir Quentin a pasar las tazas de té, Edwina anunció:

—Bueno, voy a dormir mi siesta.

Apartando enérgicamente la mano de la señora Tims, permitió que sir Eric la ayudara a levantarse. En cuanto se retiró, seguida por la señora Tims, todos exclamaron: «Qué encantadora», «qué extraordinaria para la edad que tiene», «qué dama imponente». Siguieron hablando en esos términos entre bocado y bocado de panecillos y con el acompañamiento orquestal de las cucharitas contra la porcelana, hasta que lady Edwina volvió a abrir la puerta y asomó la cabeza para decir:

—Disfruté mucho del servicio religioso, siempre detesté cantar himnos. —Y volvió a desaparecer.

Beryl entró con pasitos cortos y afectados y recogió las cosas del té, murmurando al pasar a mi lado:

—Ha vuelto a la cama. Llamarme Tims, así, como a una sirvienta... Qué impertinencia.

Sentada en un rincón junto a mi máquina de escribir, tomé notas mientras ellos hablaban sobre sus memorias hasta las seis, media hora después de mi horario de trabajo.

—Cuando llegue a mis experiencias en la guerra —dijo sir Eric—, será el momento, el punto culminante.

—Fue durante la guerra cuando perdí la fe —declaró el padre Egbert—. Para mí también fue un momento culmen. Luché con mi Dios durante una noche entera, cuerpo a cuerpo.

La señora Wilks comentó que no todas las mujeres habían

podido ser testigos de las flagrantes indecencias de la Revolución rusa y sobrevivido a ellas, como era su caso.

—Una adquiere un sentido del humor muy diferente —comentó, pero sin dar otras explicaciones.

Yo había estado escribiendo junto a mi mesita en el rincón. Recuerdo que la baronesa Clotilde se volvió hacia mí antes de irse y me dijo:

—¿Ha tomado nota de todo lo relevante?

A su vez, Maisie Young, apoyada en su bastón y con una mano siempre rodeada por la correa de su bolso, como si fuese una rienda, me dijo:

—¿Dónde puedo encontrar el libro del que me ha hablado el padre Egbert Delaney? Es una autobiografía.

Había estado conversando de forma privada con el sacerdote, apartada del murmullo general. Me volví hacia el padre Delaney, con mi lápiz sobre la libreta.

—La *Apología pro Vita Sua* —dijo—, de John Henry Newman.

—¿Dónde puedo conseguirlo? —preguntó la señorita Young.

Le prometí conseguirle un ejemplar de la biblioteca pública.

—Si uno está escribiendo su autobiografía, debe tomar como modelo lo mejor —dijo ella.

Le aseguré que la *Apología* figuraba entre lo mejor.

El padre Egbert murmuró para sí: «¡Qué pena!», pero no pudimos evitar oírlo.

Cuando se fueron todos ya eran las seis y media. Fui a buscar a lady Edwina para llevarla a cenar a mi casa.

—Está profundamente dormida —dijo Beryl Tims—. De todos modos, rompió la promesa que nos hizo. ¿Por qué habría que molestarse por ella? —Como sir Quentin estaba escuchando, Beryl se dirigió a él—: ¿Por qué deberíamos gastar en un taxi y molestarnos tanto? En definitiva, interrumpió la reunión.

—Pero todo el mundo quedó encantado —le recordé.

—Si hablo por mí, debo decir que pasé un *mauvais quart d'heure* —dijo Quentin—. Nunca se sabe lo que puede decir o hacer mi pobre madre. Rechazo toda responsabilidad. Un *mauvais quart d'heure...*

—Que siga durmiendo —dijo Beryl Tims.

Mientras me despedía de sir Quentin, él me dijo:

—Usted y yo tenemos un acuerdo de caballeros, ¿no? Jamás se discutirá ni mencionará lo que se hable en la Asociación. Todo es rigurosamente confidencial.

Como estoy muy lejos de ser un caballero, me mostré de acuerdo sin titubear. Siempre me ha impresionado mucho la casuística jesuita. El caso es que en aquel momento solo pensaba en la reunión, cosa que me llenaba de alegría.

Cuando llegué a casa eran más de las siete. El señor Alexander bajó por la escalera con pesadez en el instante en que yo entraba en el vestíbulo.

—Hay una señora mayor esperándola. Le permití entrar en su habitación porque necesitaba sentarse. Le permití usar el baño porque necesitaba ir. Se orinó en el suelo.

Allí en mi cuarto encontré a lady Edwina, envuelta en su larga capa de chinchilla, sentada en mi sillón de mimbre, entre el cajón vacío en el que guardaba mis provisiones y mi estante con libros. Estaba radiante de orgullo.

—Me he escapado —dijo—. Los he engañado completamente. No había ni un taxi, pero me ha acercado un estadounidense. Tus libros... Cuántos tienes. ¿Los has leído todos?

Quería llamar por teléfono a sir Quentin para decirle dónde estaba su madre. En mi cuarto había un teléfono conectado con una centralita que estaba en el sótano. No obtuve respuesta, lo que no era raro. Agité la horquilla para que me atendiesen. El conserje para todo servicio de la casa, un hombre mal pagado y de cara colorada, que vivía con su mujer y sus hijos en aquellas profundidades, entró de pronto en el cuarto gritando que dejase de agitar la horquilla. Dijo que estaban reparando la centralita y que había un hombre trabajando horas extras para arreglarlo.

—La centralita está hecha polvo —vociferó. Me gustó la figura y la rescaté para mi uso futuro de las ruinas de la situación presente, como hacía siempre.

—Lady Edwina —dije—. ¿Ellos sabrán que está aquí? No puedo llamar.

—No se enterarán de que he salido —respondió—. Según suponen, estoy durmiendo, y antes me han dado una pastilla, pero yo la he tirado al inodoro. Llámame Edwina, algo que, te diré, no le permito hacer a gente como Beryl Tims.

Saqué tazas y platitos y me dispuse a pasar una noche divertida. Apoyé los pies de la anciana en tres volúmenes del *Gran diccionario de Oxford*. Parecía una reina, pero una reina cómoda. Ahora no tenía dificultades con su incontinencia y pidió que la llevase al baño una sola vez. Rio con su voz cascada al ver las huevas de pescado que le serví y las comparó con el caviar: «La misma cosa, solo que de una especie de pescado diferente».

—Tu estudio se parece tanto a los de París —me dijo—... a los de artistas que conocí... —reflexionó—. Artistas y escritores que se hicieron famosos, desde luego. Y tú también...

Me apresuré a asegurarle que era muy poco probable que me hiciese famosa. Me costaba imaginarme con éxito, tenía la idea de que eso le restaría calidad a mis escritos, ya entonces voluminosos, de los cuales solo se habían publicado ocho poemas en revistas menores.

Saqué un poema no publicado al que le tenía mucho cariño, aunque había sido rechazado ocho veces y había vuelto siempre a su nido en un sobre con franqueo y dirección escrita de mi puño y letra: apareció entre mis cartas matutinas y regulares a lo largo de un año entero. Quizá yo lo quería tanto por esa condición de paria. Las manos de la vieja agarraron la piel de chinchilla con las largas uñas rojas, que se hundieron en el pelaje plateado. El poema se llamaba «Metamorfosis».

Este es el dolor que soportan las anémonas de mar,
en su temor de aberración, mas con empeño
aspirando a respirar de otra forma,
más compleja, y pasando
sin cesar de flor a animal.

Leía esta primera estrofa cuando llegó mi novio Leslie, que usó la llave que yo le había dado. Era alto y encorvado, con un mechón de pelo rubio sobre un ojo y una cara fresca y juvenil. Estaba orgullosa de él.

—¿Cómo está? —le preguntó Edwina cuando se lo presenté.

Edwina me había dicho que, como nunca recordaba nombres o caras, siempre saludaba a la gente con un «¿cómo está?» por si acaso ya la conocía.

—Muy bien, gracias —dijo Leslie, sin devolver la pregunta.

A menudo Leslie me irritaba muchísimo con sus pequeñas faltas de educación. Solía estar absorbido por innumerables ansiedades privadas que era demasiado egocéntrico para superar. Ni siquiera cuando yo le estaba presentando esta aparición espléndida, Edwina, un viejísimo, arrugado y pintarrajeado espíritu envuelto en lujosas pieles.

Mientras se quitaba el abrigo y se sentaba en el diván, Edwina le preguntó con amabilidad:

—¿Cuál es su profesión, señor?

—Soy crítico.

De pronto me sentí desilusionada de Leslie. Era un sentimiento que me invadía cada vez con mayor frecuencia y que terminaba siempre en riñas. Leslie se limitó a sentarse y dejarse entrevistar, sin poder olvidarse de sí mismo ni de sus problemas, el rostro joven y el aspecto saludable en contraste con la perspicacia demencial de Edwina, sus uñas escarlata, sus ojos brillantes y ávidos. En el bolsillo del abrigo de Leslie vi asomar el cuello de una botella que seguramente había traído para los dos. La saqué. Era vino argelino de contrabando.

—¿Eres crítico musical? —le preguntó Edwina.

—No, crítico literario. —Leslie se volvió hacia mí—: En realidad, ese poema que estabas leyendo... ¿Cómo era ese verso...? ¿«Aspirando a respirar»...?

Dejé la botella para coger mi poema.

—Creen que tengo un tornillo flojo —dijo Edwina—. Pero no tengo ningún tornillo flojo. ¡Qué va!

—Un verso muy malo —observó Leslie.

Lo leí en voz alta: «Aspirando a respirar de otra forma...». Habría reconocido que Leslie tenía razón, pero en lugar de eso, le pregunté:

—¿Qué tiene de malo?

—¿De qué es esa botella? —preguntó Edwina.

—Demasiado débil. Suena mal —dijo Leslie.

—Edwina —dije—, es vino de Argelia. Me encantaría darle un poco, pero creo que no le sentaría bien.

—Yo la abro —dijo Leslie, cogiendo el sacacorchos con aire de dueño de casa.

Él era ambivalente con lo que yo escribía: solía gustarle, pero le desagradaba mi aspiración a ser una autora con obra publicada. Esto me llevaba a rechazar la mayoría de sus críticas. En cuanto a que Leslie fuese crítico literario, no dejaba de ser verdad, porque comentaba libros en una revista llamada *Tiempo y marea*, así como en otras publicaciones menores, pero su trabajo diario era como empleado en un estudio de abogados.

Leslie descorchó la botella mientras Edwina le aseguraba que le vendría muy bien un sorbito de vino argelino.

Llamaron a mi puerta. Era el conserje, furioso, seguido por el señor Alexander, el dueño de la casa.

—Alguien está llamando al número particular del señor Alexander. Es una gran molestia —dijo el conserje.

Y el señor Alexander añadió:

—El teléfono de la casa no funciona. Voy a permitirle que responda esta llamada en nuestra sala, ya que su amigo dice que es urgente. Pero le ruego que le diga a ese amigo que no vuelva a molestar.

Continuó hablando sobre el tema mientras lo seguía hasta la sala, donde estaba su mujer, con el pelo renegrido y cortado estilo casco, sentada con las largas piernas estiradas.

Era sir Quentin.

—Mamá no está aquí —dijo—. Nosotros...

—Está aquí, conmigo. Yo la llevaré a casa.

—Estábamos tan preocupados, señorita Talbot... Ha sido muy difícil comunicarnos con usted. La señora Tims...

—Por favor, no vuelva a llamar a este número —lo interrumpí—. No les gusta. —Colgué el auricular y comencé a disculparme ante los Alexander—. Como ven, se trata de una señora anciana y...

Ambos me miraban con antipatía glacial, como si mi voz fuese una ofensa. Volví rápidamente a mi cuarto, donde hallé a Leslie y Edwina muy contentos bebiendo juntos. El encanto de Edwina comenzaba a actuar sobre Leslie, que estaba leyéndole mi poema y criticándolo verso por verso.

Accedió a llevar a Edwina a su casa. Salió a hacer una llamada y a buscar un taxi, con el que volvió hasta la puerta.

—Después me iré directamente a casa —me dijo. Edwina iba aferrada a su brazo—. Tengo que acostarme temprano.

—Yo también —respondí—. Tengo mucho en qué pensar.

—Tiene celos de ti, Fleur —comentó Edwina, pero yo no estaba muy segura de lo que quería decir.

Antes de que la despidiera en el taxi me preguntó:

—¿Es un Degas el cuadro que tienes en tu cuarto?

—De su escuela —repuse.

Leslie rio, encantado. Me despedí de ambos y volví a mi cuarto. Recuerdo haber contemplado mi cuadro de dos mujeres con pompones rojos en los sombreros rígidos de color marrón, y guiando un carruaje. Me pregunté cómo era posible ver en él un Degas. Era un cuadro inglés con la firma «J. Hayllar 1863».

Había empezado a recoger todo y a prepararme para dormir, satisfecha en general con mi día, cuando oí a una mujer que cantaba *Auld Lang Syne* en la calle, bajo mi ventana. Era la señal que utilizaban algunos pocos amigos para que les abriese la puerta de noche sin sufrir la desaprobación del implacable patrón y su personal. Abrí la ventana y miré. Me sorprendió ver la voluminosa silueta de la mujer de Leslie, Dottie, bajo la luz de la farola, porque era ya cerca de medianoche y nunca había venido a visitarme tan tarde, aunque solo fuese porque podría encontrarse aquí a su marido.

—¿Qué pasa, Dottie? —le pregunté—. Leslie no está.

—Lo sé. Me ha llamado por teléfono para decirme que iba a acompañar a su casa a una vieja, amiga tuya, y que luego tenía que ir a una reunión literaria ineludible en el SoHo. Fleur, tengo que hablar contigo.

Oí que se abría una ventana sobre mi cabeza, pero no miré hacia arriba. Sabía que era uno de los Alexander, dispuesto a armar un escándalo. Entonces me limité a decir:

—Voy a abrirte la puerta.

Arriba, las ventanas se cerraron. Bajé y le abrí la puerta a Dottie. Tenía la bonita cara semicubierta por un chal y olía a ese dulce perfume llamado Rosa Inglesa.

Serví un poco de vino argelino y ella se puso a llorar.

—Leslie nos utiliza a las dos como pantalla —dijo—. Tiene otra persona.

—¿Quién? —le pregunté.

—No lo sé, pero es un poeta joven, un hombre. Estoy segura. «El amor que no osa mencionar su nombre.»

—Una relación homosexual —dije, osando mencionar tal nombre, lo cual aumentó la desesperación de Dottie.

—¿No te sorprende? —me preguntó.

—Mucho, no. —Me pregunté cómo encontraba tiempo para atendernos a los tres.

—Estoy atónita —dijo Dottie— y herida. Profundamente herida. No sabes cuánto estoy sufriendo. Pienso iniciar una novena a Nuestra Señora de Fátima Bendita. No sufrí tanto mientras supe que tú eras su amante, Fleur, porque...

La interrumpí para hacer algunas reflexiones sobre la palabra *amante*, que tenía connotaciones bastante diferentes de las que hubieran podido aplicarse a mi relación con el pobre Leslie.

—¿Por qué dices «pobre Leslie»?

—Porque es evidente que tiene dificultades con su vida. No puede manejarla.

—Pero él te llama su amante. Es la palabra que usa.

—Es una pretensión. Pobre Leslie.

—¿Qué debo hacer?

—Podrías dejarlo. Podrías quedarte junto a él.

—No puedo decidir. Estoy sufriendo. Soy un ser humano.

Desde el primer momento sabía que tarde o temprano diría que era humana. Intuí que no tardaría mucho en acusarme a mí de no ser humana. Súbitamente tuve una idea.

—Podrías escribir tu autobiografía —propuse—. Podrías ser miembro de la Asociación Autobiográfica, en la que todos escriben la historia de su vida y la hacen guardar durante setenta años para que no se ofenda ninguna persona que esté viva. Podría ser un consuelo.

Eran las dos de la mañana y aún no me había acostado. Recuerdo como reaparecieron todos los hechos de ese día, repletos de una vida misteriosa. Me dormí con una extraña mezcla de tristeza y expectativa; ambos sentimientos eran uno.

3

Ahora que relato lo que me sucedió y lo que hice durante 1949, me doy cuenta de cuánto más fácil es manejar los personajes de una novela que los de la vida real. En una novela, el autor inventa personajes y los dispone en el orden conveniente. Ahora que me toca escribir en estilo biográfico, debo hablar de lo que sucedió en realidad y de la gente que apareció en mi vida de forma natural. La historia de una vida es una reunión muy informal: no existen reglas de prioridad o de hospitalidad, ni hay invitaciones.

En una conferencia sobre el drama, alguien famoso observó que la acción no se limita exclusivamente a los puñetazos, con lo que sin duda quiso decir que el diálogo y el sentido también son acción. Del mismo modo, la acción en la historia de mi vida durante 1949 incluye el trabajo que realizaba cuando daba lo mejor de mi inteligencia a mi libro, *Warrender Chase*, casi todas las noches y casi todos los sábados. *Warrender Chase* suponía para mí tanta acción como cuando discutía con Dottie a propósito de Leslie, cuando la persuadía de que no intentara retenerlo con un hijo, como aquella noche en la que vino a decirme que estaba decidida a quedarse embarazada. Mi *Warrender Chase*, escondido a toda prisa cuando llegaban visitas o por temor a que la mujer que hacía la limpieza lo tirase a la basura cuando por la mañana yo me iba a trabajar, ocupaba la parte más dulce de mi mente y la parte más singular de mi imaginación. Era como estar enamorada. No, era aún mejor. Todo el día, mientras me ocupaba activamente de los problemas de la Asociación Autobiográfica, veía en mi novela inconclusa la personificación de alguien, era casi una compañía secreta, un cómplice que me seguía a todas partes como una sombra, hiciera lo que hiciera. No tomaba notas, salvo mentalmente.

Aunque en realidad la historia de *Warrender Chase* ya estaba formada y en absoluto se había visto influenciada por los problemas de la Asociación Autobiográfica. Lo interesante del caso es que en esa época me parecía lo contrario. Digo, en esa época, porque al pensar en eso ahora, me pregunto cómo podría haber sido así. Sin embargo, así era. En mi estado febril de creatividad vi a sir Quentin revelarse ante mis ojos capítulo tras capítulo, hasta ser el modelo y la consumación de Warrender Chase, mi protagonista. Y veía a los miembros de la Asociación Autobiográfica a punto de convertirse en sus víctimas, ya que él era una versión psicológica de Jack el Destripador.

Mi Warrender Chase estaba casi muerto al finalizar el primer capítulo. En ese momento su familia, su sobrino Roland y su madre Prudence, esperan la llegada del eminente embajador, poeta y moralista, cuando les anuncian el accidente automovilístico en el que el gran Warrender muere. Quizás alguien recuerde que antes de quedar debidamente establecida su muerte, en el punto en que la mujer de Roland, Marjorie, descubre que el rostro del muerto es irreconocible, dice: «¡Tendrá que someterse a varias operaciones, como quien debe usar una máscara el resto de su vida!». Mi intención era que el comentario brotase como una de las tantas series de palabras absurdas y sin sentido que la gente pronuncia cuando está en estado de shock o de histeria. Pero el hecho es que Warrender muere y, además, pierde su máscara para el resto de su existencia. Su existencia, quiero decir, en las páginas de mi novela, después de que Prudence, contra los deseos del resto de la familia, confíe las cartas y otros documentos de Warrender al erudito estadounidense Proudie. En mi novela, los documentos estaban ya en manos de Proudie cuando comencé a advertir el rumbo de las ideas de sir Quentin.

Como saben, yo ya sospechaba que sir Quentin estaba involucrado en alguna forma de estafa, quizá con vistas al chantaje. Pero al mismo tiempo, no llegaba a vislumbrar del todo en qué forma se daba ese chantaje. Él no perdía dinero con el proyecto y además parecía ser un hombre bastante rico. Por otra parte, las víctimas potenciales de la Asociación se caracterizaban más por la alta posición social que alguna vez habían tenido que por el tipo de riqueza que suele tentar al chantajista común. En realidad, algunos de ellos se habían empobrecido mucho.

Entendí a través del correo, que los cuatro miembros que no concurrieron a la reunión intentaban separarse del grupo. Yo también tenía decidido que, en cuanto mi difuso desasosiego y mis sospechas sobre el móvil de sir Quentin se materializasen de alguna manera, abandonaría el empleo sin más ni más.

Entre los cuatro integrantes que se retiraban había un químico farmacéutico de Bath que invocó obligaciones profesionales, y el respetable y bien conectado general de División sir George Beverley, que escribió para manifestar que la memoria estaba fallándole mucho, tanto que por desgracia no recordaba nada del pasado. Además, había una directora de escuela jubilada, de Somerset, que escribió para contar que sus actividades en el club de tenis le impedían, también por desgracia, dedicar a sus memorias el tiempo que había planeado, y más tarde, tras la presión de sir Quentin, dio como pretexto adicional que su artritis hacía imposible el uso sostenido de la máquina de escribir o el lápiz. El cuarto miembro que se retiró fue aquella amiga mía, la que me había recomendado para el empleo. Una vez que yo estuve establecida en él, imagino que no consideró tan oportuno revelarle la historia de su vida a sir Quentin, ya que pasaría por mis manos. Escribió entonces, diciendo que su biografía era tan interesante que pensaba escribirla con el propósito de publicarla. También me escribió a mí, invocando las mismas razones y rogándome que me hiciera con las páginas preliminares entregadas a sir Quentin y que se las enviara por correo. Así lo hice. Y, según creo, sir Quentin sabía muy bien que se las había sustraído, porque aunque buscó las tres páginas de mi amiga Mary y no las encontró, nunca me preguntó si sabía algo de ellas. Yo estaba dispuesta a decirle que se las había devuelto, pero sir Quentin se limitó a mirarme sonriente y a comentar:

—Bien, bien... Eran interesantes, ¿no?

—No sé —dije—. Nunca las leí. —Y era verdad.

Después de una serie de cartas persuasivas de sir Quentin y de otras tantas respuestas de los cuatro desertores, cada vez más firmes y, de algún modo, asustadas, ellos quedaron fuera del grupo. El químico de Bath llegó a solicitar a su abogado que informara firmemente a sir Quentin de que se retiraba de la Asociación. Percibí cierto grado de histeria en el hecho de recurrir a un abogado, cuando sencillamente ignorar las cartas de sir Quentin habría tenido el mismo efecto.

Lo que tenían en común todos los miembros del grupo que quedaron cerca de sir Quentin era su debilidad de carácter. Que para mí no es más despreciable que la debilidad física. No todos nacemos héroes y atletas. Al mismo tiempo es sabiduría elemental temer siempre a las debilidades, incluidas las propias. Las reacciones de los débiles cuando estallan pueden ser terribles y sorprendentes. Con esto quiero decir que, a mi juicio, sir Quentin estaba envuelto en algo sumamente peligroso, con su evidente intento de tener a ese grupo de seres débiles bajo su dominio, con fines que yo, por el momento, no alcanzaba a descifrar. A pesar de ello, le conté a Dottie todo lo que sospechaba antes de presentarla a la Asociación Autobiográfica. Le aconsejé que en ninguna circunstancia se pusiera al descubierto, que por el contrario, tratase de obtener alguna diversión de las actividades del grupo. Yo deseaba introducir un poco de entusiasmo que animase y cambiase la fisonomía de las reuniones y de los textos, cuya solemne intensidad estaba fuera de toda proporción con el tema tratado. Por siniestro que sea el tema de mi *Warrender Chase*, que ocupaba entonces mi mente por completo, nadie puede decir que no sea una novela llena de energía. No obstante, creo que mis lectores se asombrarían si se enteraran de las dificultades que me causó ese aspecto siniestro, y este punto de las dificultades forma parte de la historia que estoy relatando, y es por eso por lo que creo que merece ser contada.

De inmediato Dottie se dedicó a trabar amistad con los miembros de la Asociación Autobiográfica. No le costó demasiado esfuerzo incorporarse a ese espíritu de nostalgia, puesto que se sentía perseguida y tenía una profunda necesidad de sentirse querida. Pero su sinceridad y su incapacidad para apartarse de las situaciones ajenas me alarmaban. Se lo advertí. Le advertía sin cesar que sir Quentin no tramaba nada bueno.

—Entonces —dijo Dottie—, ¿me metiste en ese grupo para servir a tus propios fines?

—Sí. Y también porque pensé que podría divertirte. No dejes que te arrastren demasiado. Son gente infantil, Dottie, y cada día que pasa se vuelven más infantiles.

—Rezaré por ti a Nuestra Señora de Fátima —dijo ella.

—*Tu* Señora de Fátima —señalé.

Yo era creyente, pero el concepto que tenía Dottie de la religión era diametralmente opuesto al mío. Por eso, cuando años más tarde me confesó de manera dramática que había perdido la fe, sentí cierto alivio, pues siempre había pensado que si su fe era auténtica, la mía tenía que ser falsa.

Pero volviendo a mi cuarto, tras regresar juntas de una reunión en casa de sir Quentin, Dottie me dijo:

—Tú me has metido entre ellos. Rezaré por ti.

—Reza por los miembros de la Asociación Autobiográfica —repliqué.

No sé por qué imaginaba que Dottie era mi amiga, pero lo imaginaba. Creo que también ella me veía así, aunque en realidad no me tenía mucha simpatía. En aquella época, entre la gente con la que uno alternaba se tenían amistades casi por predestinación. Allí estaban, como nuestro abrigo de invierno y nuestro humilde equipaje. A uno no se le ocurría deshacerse de ellos por el mero hecho de que no nos resultasen simpáticos. Durante 1949, la vida en torno al mundillo intelectual era un universo en sí. Era algo semejante a la vida de hoy en Europa Oriental.

Estábamos sentadas hablando de la reunión. Se acercaba el fin de noviembre. Durante todo el trayecto a casa había discutido con Dottie, en el autobús, y de pie en la cola del supermercado, donde, mientras esperábamos, siempre se agotaba el producto que ella quería, fuera el que fuera. Y de todas formas, era la hora del cierre; el empleado de delantal marrón cerró las puertas con un ruido de cerrojos y nos alejamos desalentadas.

La Asociación Autobiográfica la había hecho olvidar un poco a Leslie. Hacía más de tres semanas que ninguna de las dos lo veía. Por mi parte, había decidido terminar mi relación con él, lo que no me costaba mucho, a pesar de que extrañaba su cara y su conversación. Dottie estaba furiosa con mi indiferencia: deseaba que yo estuviera enamorada de Leslie y no me fuese posible conquistarlo, porque sentía como si su propiedad se hubiese devaluado.

Esa tarde fue la tercera vez, desde que había comenzado a trabajar, que asistí a una reunión de los autobiógrafos de Quentin. Hasta ese momento Dottie no había preparado material biográfico propio para someterlo a los otros miembros. Lo que había hecho era escribir una larga confesión sobre Leslie, su joven poeta, y los sufrimientos ulteriores de ella. Yo la hice pedazos y le advertí con vehemencia sobre los peligros de hacer revelaciones verídicas como aquella.

—¿Por qué? —quiso saber.

No podía decirle por qué. No lo sabía. Le dije que podría explicárselo cuando hubiese escrito unos capítulos más de mi novela *Warrender Chase*.

—¿Qué tiene que ver una cosa con la otra?

La pregunta era razonable.

—Es la única forma de llegar a una conclusión sobre lo que sucede en casa de sir Quentin. Tengo que elaborarlo a través de mi propia creatividad. Debes seguir mi instinto, Dottie. Te advertí que no te entregaras.

—Pero esa gente me gusta. Además, Beryl Tims es tan buena... Sir Quentin es raro, pero me inspira confianza. ¿A ti no? Es como un sacerdote que conocí en la escuela, cuando estaba con las monjas. Y me da muchísima lástima por esa madre espantosa que tiene. Es realmente bueno...

Sentada con Dottie en mi cuarto, seguí intentando avanzar torpemente hacia la claridad. Dottie, al contrario, defendía con perfecta claridad su idea de involucrarse por completo. En cuanto a mí, presentía dificultades, para ella o por ella.

—Si piensas así —dijo Dottie—, deberías dejar tu empleo.

—Lo que ocurre es que estoy implicada y quiero saber qué hacen. Intuyo algo sucio.

—Pero no quieres que yo me involucre.

—No, es peligroso. Ni yo misma querría mezclarme en...

—Primero me dices que estás implicada. Luego, que no querrías mezclarte. La verdad —dijo Dottie— es que te molesta que yo me entienda tan bien con todos, con sir Quentin y el resto de los miembros del grupo, y con Beryl.

Era verdad que se llevaba bien con ellos. Esa tarde habían asistido todos los miembros que quedaban, incluida Dottie, siete en total.

De inmediato la señora Tims arrinconó a Dottie para preguntarle en voz baja, allí mismo, en el vestíbulo, si tenía noticias de su marido. Dottie murmuró algo poniendo ojos de carnero. Yo estaba ocupada con la llegada de Maisie Young, que lograba avanzar deportivamente con su pierna inútil, y con el padre Delaney, nervioso como siempre, pero oí a Beryl una y otra vez lanzar exclamaciones mientras duraron las confidencias de Dottie, y frases como: «¡Qué cochino!», «Es un horror. Habría que abandonarlo en una isla desierta». Traté de sacar a Dottie de eso, pero ella no estaba dispuesta a seguirme al estudio hasta no terminar su charla con Beryl Tims. Tuve que abandonar a mis dos Rosas Inglesas y ocuparme de mis tareas.

Durante las últimas siete semanas los miembros que habían permanecido fieles a la Asociación habían visto algunos cambios alarmantes en sus autobiografías. Cierto día a finales de octubre, sir Quentin me dijo:

—Creo que sus divertidas intervenciones en las historias de nuestros amigos han sido muy apropiadas hasta ahora, pero ha llegado el momento de que me ocupe yo, señorita Talbot. Veo que es mi deber. Se trata de una cuestión moral.

No opuse objeciones, aunque siempre había comprobado que la gente que habla de «cuestión moral» con ese tono preciso y serio con que lo hizo sir Quentin solo trata de justificarse por algo, que en general no es nada bueno.

—Le diré —dijo sir Quentin— que son todos muy francos, la mayoría de ellos por lo menos tiene una gran franqueza. Pero sentido de culpa, en mi opinión...

Había dejado de escucharlo. Después de todo yo solo trabajaba para él. En muchos sentidos me alegré de librarme de la tarea de emplear mi propia inventiva para dar un poco de vida a esas biografías monótonas. Con la excepción de Maisie Young, que seguía produciendo gran cantidad de material sobre el Más Allá y la Unidad de la Vida, los demás habían comenzado a bosquejar sus aventuras amorosas con el estímulo de sir Quentin. Yo no las habría llamado francas, como se empeñaba en insistir él. Lo único logrado hasta el momento era la descripción de la señora Wilks sobre el soldado que le desgarró la blusa antes de que ella huyera de Rusia en 1917. A la baronesa Clotilde la habían sorprendido en la cama con su profesor de música en el encantador *château* francés cerca de Dijon. El padre Egbert Delaney, que había tomado la pluma con cierta aprensión, continuaba, muchas páginas después, delineando con idéntica aprensión la experiencia de los pensamientos impuros la primera vez que oyó una confesión. Lady Bernice Gilbert, «Bucks», hacía un relato retrospectivo de su adolescencia y dedicaba un largo capítulo a su aventura lésbica con la capitana del equipo de hockey, con numerosas descripciones de crepúsculos en las colinas de Cotswold creando atmósfera. En el caso del tímido sir Eric, era una relación de internado con otro chico; lo que constituía la única parte interesante de la aventura, porque mientras hacía lo que fuere que hubiera hecho con el otro chico, porque no lo especificaba, la mente del joven Eric había estado puesta todo el tiempo en una actriz que se había alojado en casa de sus padres durante las vacaciones de mitad de cuatrimestre.

Sir Quentin describía estas contribuciones como «francas» con un énfasis tan marcado que me aburría.

—Es hora de que me haga cargo de esto —dijo—. Es una cuestión moral.

—Quisiera que no hubieses roto lo que escribí —me dijo Dottie. Aquella noche de finales de noviembre estábamos las dos en mi cuarto—. Me siento muy mal por no tener nada que ofrecer.

—Por lo que pude oír, le ofreciste toda la historia a Beryl Tims —señalé.

—Hay que confiar en alguien. Es una verdadera amiga. Me parece escandalosa la forma en que tiene que correr todo el día detrás de esa vieja espantosa.

Durante las últimas semanas habían contratado a una enfermera para que atendiese a lady Edwina. Era una mujer tranquila, menospreciada por Beryl Tims. Lady Edwina había dejado de ser una carga para Beryl Tims, y seguía siendo cada día más estrafalaria y divertida. Yo la quería de verdad. En la última reunión de la Asociación Autobiográfica, la que comentaba ahora con Dottie, Edwina hizo su aparición a la hora del té, vestida de terciopelo gris plata con muchas vueltas de un collar perlas. Las arrugas llenas de colorete y el rímel corrido eran un espectáculo digno de verse. Se portó con suma elegancia y no se orinó. Solo cuando fue hora de retirarse y la enfermera entró con timidez a buscarla, Edwina lanzó una de sus largas carcajadas de hiena seguidas por el comentario:

—Ah, queridos, los tiene a todos bien agarrados, ¿no? ¡Ja, ja! Mi hijo Quentin nunca falla. —El índice huesudo de su mano derecha apuntó hacia Maisie Young—. Salvo a ti. Todavía no ha empezado contigo. —Los ojos de Maisie parecían hipnotizados por la larga uña roja que la señalaba.

—¡Mamá! —dijo Quentin.

En aquel momento miré a Dottie. Le susurraba algo a la señora Tims, que asentía con aire perspicaz y comprensivo.

No le respondí cuando, esa noche, sentada en mi cuarto con aire hosco, continuó recalcando la compasión que sentía por Beryl Tims y la fuerte convicción que tenía de que era necesario llevar a lady Edwina a una residencia geriátrica. Tenía la impresión de que intentaba irritarme. Era evidente que Dottie estaba cansada. Por algún motivo, no recuerdo haberme sentido cansada en aquella época. Seguramente alguna vez me sentí agotada, ya que cada día me ocupaba de una cantidad de cosas enorme y variada. Sin embargo, no recuerdo ninguna ocasión en que me sintiera tan extenuada como lo estaba Dottie en ese momento.

Preparé té y me ofrecí a leerle pasajes de mi *Warrender Chase*. Lo hice por mí, aparte de por entretenerla o halagarla a ella de alguna manera; por mí, porque pensaba escribir unas páginas más cuando Dottie se fuera a su casa y esa lectura era una especie de preparación.

Ahora estaba en la parte en la que Roland, el sobrino de Warrender, y su mujer Marjorie comienzan a revisar los papeles de Warrender antes de pasárselos a Proudie, dado que Prudence, la viejísima madre de Warrender, había escogido al erudito Proudie para que se hiciera cargo de ellos. Esto sucede tres semanas después del entierro íntimo, limitado a la familia, que ya había descrito anteriormente de forma detallada. Dottie conocía esa parte del funeral, al que había calificado como «demasiado frío», pero el comentario no me preocupaba. En realidad, su crítica era un indicio más bien auspicioso para mí. «No distingues bien la tragedia de la muerte de Warrender», me había dicho Dottie. Otro comentario que tampoco me preocupaba mucho. Decía, entonces, que este nuevo capítulo es el escrito desde el punto de vista de Roland, según el cual su tío Warrender Chase había sido un gran hombre cuya vida se truncó de forma trágica cuando estaba en la flor de la vida. Esto era ampliamente reconocido. Había alcanzado su importancia con éxito.

La familia, que en secreto disfruta de su duelo, cuenta con que Roland y Marjorie cumplan concienzudamente con su deber, es decir, que revisen de manera minuciosa los papeles de Warrender con Proudie y por fin publiquen una *Vida y correspondencia* o un homenaje de este género a Warrender Chase. Hagan lo que hagan, aunque tarden años en llevarlo a cabo, no puede menos que ser interesante. La tarea, como es lógico, entristece a Roland, que hojea los papeles del muerto. Warrender Chase, un hombre tan vital pocas semanas antes, ahora muerto. Roland está triste, un poco inquieto. Entonces ¿por qué Marjorie, que hasta el momento había sido una mujer abatida y neurótica de treinta años, comienza a animarse? Desde el funeral su belleza renovada y su alegría se habían vuelto cada día más visibles. Proudie había advertido con claridad esa renovada felicidad de Marjorie.

Sin duda lo que acabo de considerar tiene por objeto tan solo recordar otros hechos. Pero cuando se lo leí a Dottie esa noche en mi cuartito alquilado vi que no le gustaba nada. Citaré el pasaje exacto al que ella por fin hizo objeciones:

—Marjorie —dijo Roland—. ¿Te pasa algo?

—No, nada.

—Es lo que pensaba —dijo él.

—Parece que me acusas de estar bien —observó ella.

—En cierto modo, sí. La muerte de Warrender no parece haberte afectado.

—Le ha afectado en un sentido hermosísimo —dijo Proudie.

(Cambié «hermosísimo» por «favorable» antes de enviar el libro a la editorial. Probablemente había estado leyendo demasiado Henry James y la verdad es que «hermosísimo» resultaba exagerado.)

En este punto Dottie dijo:

—No sé hacia dónde te diriges. ¿Warrender Chase es el héroe de la novela o no?

—Sí, es el héroe —repuse.

—En ese caso, Marjorie es mala.

—¿Cómo puedes decir eso? Marjorie es pura ficción. No existe.

—Marjorie es una personificación del mal.

—¿Qué es una personificación? —le pregunté yo—. Marjorie no es más que palabras.

—A los lectores les gusta saber dónde están —comentó Dottie—. En esta novela no lo saben. Marjorie da la impresión de estar bailando sobre la tumba de Warrender.

Dottie no era tonta. Yo sabía que no daba muchas pistas a los lectores para que supieran de parte de quién debían ponerse. Simplemente, me sentía bajo la compulsión de continuar con mi historia sin indicarles lo que debían pensar. Al mismo tiempo, Dottie acababa de darme la idea para esa escena, hacia el final del libro, en que Marjorie baila sobre la tumba de Warrender.

—¿Sabes una cosa, Fleur? —dijo Dottie—. Tienes algo de cruel. Ese no es un rasgo demasiado femenino, ¿no?

Eso sí que me enfadó. Y para mostrarle que sí era femenina rompí las páginas de mi novela y las tiré a la basura, me puse a llorar y la eché de mi cuarto con bastante brusquedad y ruido, por lo cual el señor Alexander se asomó por la barandilla de la escalera y se quejó.

—Vete —le grité a Dottie—. Entre tú y tu marido habéis estropeado mi obra.

Después de eso me acosté. Inundada de paz, me dormí.

A la mañana siguiente, tras haber rescatado las páginas destrozadas de *Warrender Chase* de la papelera y haberlas pegado juntas otra vez, me fui a trabajar. Por el camino, me paré en la biblioteca pública de Kensington para buscar un ejemplar de la *Apología* de John Henry Newman, que hacía mucho tiempo le había prometido a Maisie Young. Aunque estuviera lisiada bien podría haberlo conseguido ella misma en las semanas transcurridas, pero pertenecía a ese sector de la sociedad, no necesariamente el menos instruido, que siempre pregunta cómo puede conseguir un libro. Todos saben muy bien que compramos zapatos en la zapatería y pan en la panadería, pero entrar en una librería es para ellos algo que por alguna razón queda fuera del alcance de su imaginación.

A pesar de todo, sentía cierto aprecio por Maisie y creía que las soberbias páginas de la autobiografía de Newman ligarían su mente al feliz mundo de la gente de carne y hueso, aunque la obra tuviese un contexto espiritual. Era necesario traer a Maisie a la realidad.

Encontré el libro en una de las estanterías y de paso descubrí, en la misma sección, una obra que hacía años que no veía. Era la autobiografía de Benvenuto Cellini. Fue como encontrar a un viejo amigo. Cogí los dos libros y reanudé mi camino llena de júbilo.

4

Hacia finales de noviembre empecé a llevar a Edwina de paseo todos los domingos por la tarde. Resolvía así el problema de qué hacer con ella cuando la enfermera tenía el día libre y la señora Tims se iba al campo con sir Quentin. A mí me venía bien, en primer lugar porque la quería mucho y, en segundo, porque ella también se adaptaba a mi estilo de vida. Cuando hacía buen tiempo, iba a buscarla en un taxi y luego la paseaba en la silla de ruedas por el parque, en los límites de la colina de Hampstead Heath, con mi querido amigo Solly Mendelsohn, y más tarde íbamos a un salón de té, o bien íbamos a tomarlo al apartamento de Solly. Él era periodista y trabajaba en el periódico por la noche, de modo que solo lo veía durante el día.

No había nada que no fuese posible discutir en presencia de Edwina. Le encantaba todo lo que decíamos y hacíamos, lo cual era una suerte, porque en sus momentos de confianza y comodidad Solly era aficionado a maldecir y usar un lenguaje grosero frente a ciertas realidades de la vida, aunque era sumamente afable y de corazón generosísimo. Al principio, por respeto a los muchos años de lady Edwina, mostró cierta cautela y medía sus palabras, pero no tardó en conocerla bien.

—Qué buena mujer eres, Edwina —le decía.

Solly cojeaba, un regalo de la guerra. Nuestro andar era lento y a menudo nos deteníamos, cuando la necesidad de descansar por el esfuerzo de empujar la silla de ruedas coincidía a la perfección con el punto en nuestra conversación que requería el énfasis de una pausa física, como cuando le conté a Solly que Dottie seguía despotricando contra *Warrender Chase* y por eso yo lamentaba mucho haber comenzado a leérselo.

—Haz que te revisen los sesos —dijo Solly sin dejar de cojear. Era un hombre de enorme volumen y una gran cabeza semita que habría sido el deleite de un escultor. Se detuvo para añadir—: Estás loca si escuchas a esa idiota. —Entonces volvió a empujar la silla de ruedas de Edwina y reanudamos el paseo.

—Dottie es el tipo de lector común que yo imagino.

—A la mierda con el lector común —dijo Solly—. El lector común no existe.

—Es lo que yo digo —afirmó a gritos Edwina—. A la mierda con el lector común. Esa persona no existe.

Me gustaba ser coherente. Mientras Dottie captase lo que yo escribía, no me importaba que le gustase o no. Emitía todos sus juicios de Rosa Inglesa y siempre nos peleábamos, pero en realidad era mi amiga y volvía a escucharme. También les había estado leyendo mi libro a Edwina y a Solly.

—Recuerdo —dijo Edwina con su voz cascada— cuánto me reí con esa escena del servicio religioso en memoria de Warrender Chase organizado por la Devota Compañía de Vendedores de Pescado.

Al oír esa voz aguda, varias personas se giraron para mirar a Edwina. Siempre se volvían a mirar el rostro arrugado y pintarrajeado, los dientes verdosos, la uña levantada de color rojo sangre que acompañaba los chillidos, toda su persona envuelta hasta el mentón en pieles lujosas. Edwina tenía más de noventa años y podía morir de un momento a otro, como murió seis años más tarde. Mi querido, querido Solly nos dejó en los años setenta de este siglo, cuando yo estaba muy lejos. Durante su última enfermedad comenzó a enviarme algunos de los libros de su biblioteca que estaba seguro de que me gustarían.

Uno de esos libros, que me devolvió hasta nuestros paseos por la ventosa colina de Hampstead Heath años atrás, era una edición rara de la *Apología pro Vita Sua* del cardenal Newman y otro, una edición encuadernada en cuero verde y dorado, en italiano, de mi adorada *Vita* de Benvenuto Cellini.

Questa mia Vita travagliata io scrivo...

Recuerdo a Solly, más angelical que nunca, durante aquellas caminatas por Hampstead con Edwina, que siempre estaba dispuesta a apoyar el drama general de nuestra vida, cacareando todos como un coro griego cuando hablábamos de esto o de aquello. No había terminado aún *Warrender Chase*, pero Solly ya me había encontrado un editor algo venido a menos con oficinas en Wapping, que, sobre la base de los dos primeros capítulos leídos, se mostró dispuesto a publicar mi libro y a pagar un adelanto de diez libras por él. Recuerdo haber discutido el contrato con Solly en uno de nuestros paseos. Era un día seco y ventoso. Nos detuvimos mientras él estudiaba detenidamente el documento de una página, que se agitaba entre sus manos. Al devolvérmelo, me dijo:

—Que se lo meta por el culo. No lo firmes.

—¡Eso, eso, eso! —chilló Edwina—. ¡Dile a ese editor que se lo meta por el culo!

No me gusta nada el lenguaje obsceno, pero la combinación de circunstancias, algo del cuadro que ofrecía la colina, el tiempo, la silla de ruedas, y también Solly y Edwina mismos, en su esencia, hicieron que sus palabras sonaran sumamente poéticas y me hicieron feliz. Llevamos a Edwina a un salón de té, donde ella nos sirvió, y conversó después de manera amable y aristocrática.

Esto fue aproximadamente a mediados de diciembre de 1949. Muchas noches me había desvelado trabajando en *Warrender Chase* y tenía un tema para una segunda novela más o menos pensado. Soñaba con tener dinero suficiente para dejar mi trabajo, pero hasta que me lo proporcionase un editor no tenía la menor posibilidad de dejarlo.

Además, debo mencionar otro punto. Mi trabajo en casa de sir Quentin continuaba intrigándome. Lo que sucedía allí bien podría haber seguido influenciando mi *Warrender Chase*, pero no ocurrió así. Porque solo cuando ya había terminado de escribir el libro, en enero de 1950, vislumbré algo de lo que tramaba sir Quentin.

Terminaba enero de 1950 cuando empecé a advertir señales del proceso de deterioro gradual de todos los miembros de la Asociación.

Había estado con gripe y por eso no había ido a trabajar durante dos semanas. Justo pasado el Año Nuevo, Dottie había caído enferma con gripe y yo había pasado casi todas las noches con ella en su apartamento, con la sensación fatalista de que me contagiaría. No estaba segura de no desearlo. Durante esas primeras semanas de enero, cuando iba a casa de Dottie con las compras y las cosas que ella necesitaba, a menudo venía Leslie. No había vuelto con Dottie: ya se había mudado a la casa de su poeta. Sin embargo, algo relacionado con la gripe hacía que Dottie estuviese más tranquila que de costumbre. No actuaba tanto de Rosa Inglesa. Evitaba decirle a Leslie que rezaba por él. Es verdad que conservaba algunas de las reliquias de su infancia, el osito, las muñecas y un muñequito negro de tela, todos con ella en la cama, alineados en el lado que había sido de Leslie. Esos juguetes siempre estaban colocados sobre la colcha, a lo largo del cabecero. Yo sabía que sacaban de quicio a Leslie, pero ahora Dottie estaba enferma y probablemente él se sentía más indulgente, porque a veces le traía flores. Entre nosotros no había reproches y nos deslizábamos sin preocuparnos sobre un hielo bastante grueso, mientras yo me preguntaba qué era lo que alguna vez había visto en Leslie. Parecía haber perdido su belleza, por lo menos en un sentido viril. Así y todo, éramos felices. Dottie llegaba incluso a reír con algunas de mis anécdotas acerca de sir Quentin, aunque en el fondo se tomaba muy en serio la Asociación Autobiográfica.

Ahora que me tocaba a mí estar enferma, me quedaba en la cama todo el día, con bastante fiebre, escribiendo y escribiendo *Warrender Chase*. La gripe era una excelente oportunidad para terminar el libro. Trabajaba hasta que me dolía la mano y hasta que a las seis de la tarde aparecía Dottie con un recipiente térmico lleno de sopa y unas tiras de panceta que freía en mi hornillo y que amablemente cortaba en trocitos para que yo las comiera y me curase pronto. Su enfermedad la había hecho adelgazar y cuando alguna mechita de pelo se le escapaba de su bonito moño alto, se parecía menos a una Rosa Inglesa. Durante mi ausencia en el trabajo había ido a echarle una mano a sir Quentin.

—Dottie —le dije—, insisto en que no tomes en serio a ese hombre.

—Beryl Tims está enamorada de él —dijo Dottie.

—¡Por Dios!

Aquel mismo día yo había escrito el capítulo de mi libro en el que las cartas de mi personaje Charlotte prueban que estaba tan perdidamente enamorada de Warrender que estaba dispuesta a traicionar sus instintos, o mejor dicho, a olvidar que los tenía, para ganar su aprobación y retener su atención. Mi Charlotte, mi Rosa Inglesa ficticia, sería considerada con el tiempo uno de mis personajes más chocantes. ¿Qué me importaba? Concebí a Charlotte en esos días y esas noches de gripe en los que estuve a punto de sufrir una pleuresía, y nunca lamenté haberla creado. No escribía poesía ni prosa para que la gente me quisiera, sino para que mis construcciones de palabras transmitieran ideas de verdad y asombro, como me ocurría a mí cuando las componía. No tengo por qué ocultar que disfruto del sonido de mi voz cuando escribo. No me guardo ningún hecho que sea pertinente.

En ese momento trataba la historia de Warrender Chase con un toque leve y despiadado, que es la manera que uso cuando quiero ofrecer una visión absolutamente seria de las cosas. Con independencia de lo que esté describiendo, considero totalmente hipócrita al escritor que finge atravesar experiencias trágicas cuando resulta evidente que está instalado con relativa comodidad con su lápiz y papel, o bien delante de su máquina de escribir. Yo me divertía con Prudence, la madre de Warrender, y sus juicios sepulcrales. Además, hice que le entregara los documentos al erudito norteamericano Proudie, que a ella le parecía tan cómico. Y lo hice escena por escena: la evidente liberación de Marjorie de cierta ansiedad terrible después de la muerte de Warrender y la subsiguiente desaprobación de su marido Roland, con su cara redonda y su adoración por el tío muerto. Luego aparecía el hallazgo de esas cartas y apuntes dejados por Warrender Chase, hilvanados a lo largo del libro, que demuestran en definitiva con toda certeza lo que gradualmente había inducido a que el lector sospechara. Warrender era, en el fondo, un puritano sádico que por una especie de capricho había reunido a un grupo de personas elegidas especialmente por su insensatez y debilidad, y en quienes se dedicó a inocular y nutrir con toda minuciosidad un sentido de culpa terrible e irreal. Como escribí en mi libro: «Todos conocían las reuniones privadas que organizaba Warrender para realizar plegarias, pero se las consideraba privadas porque era un tema demasiado delicado para ser debatido en público. Warrender había creado un mito tan enorme en torno a su persona que nadie se atrevía a indagar en su vida privada por temor a parecer vulgar». De hecho, se lo suponía un místico y era considerado como un pilar de la Iglesia anglicana. Además, pronunciaba discursos en las universidades y escribía cartas al *Times* de Londres. A saber de dónde saqué a Warrender Chase. No se basaba en nadie a quien yo conociese.

Solo sé que la noche que empecé a escribir *Warrender Chase* estaba sola, cenando en un restaurante cerca de Kensington High Street. Rara vez comía sola fuera de casa, pero seguramente aquel día tenía algo de dinero. Mientras comía, me dedicaba a mi entretenimiento particular, que era escuchar la conversación de la mesa de al lado. Uno de los comensales dijo: «Allí estábamos todos reunidos en el salón, esperándolo».

No necesité más. Ese fue el comienzo de *Warrender Chase*, Capítulo 1. Todo el resto nació de aquella frase.

Pero para mi Warrender Chase debí inventar antecedentes en la guerra y antecedentes distinguidos en la campaña de Birmania. Conseguí darle visos de verdad a pesar de haber llenado esos pasajes con solo unas pinceladas, porque, de hecho, sabía bastante poco sobre la campaña en Birmania. Más tarde me sorprendió comprobar que a los lectores mi relato les parecía muy completo y verosímil, cuando en realidad apenas había dicho nada: un auténtico veterano de Birmania me escribió para decirme lo realistas que había encontrado mis descripciones. Desde entonces aprendí, por experiencia, lo poco que se requiere en el arte de la literatura para transmitir una experiencia total, y también que con una gran cantidad de palabras se puede, en cambio, no decir nada.

En ningún momento del libro mencioné cuáles eran las razones que motivaban a Warrender. Me limité a mostrar el efecto de sus palabras, sus insinuaciones. La verdadera dicotomía de su carácter residía en su adhesión pública a la Iglesia anglicana formal y sus tendencias sectarias privadas. En las reuniones religiosas actuaba como un fundamentalista fiel a la Biblia. Por ejemplo, indujo a un miembro de su secta a renunciar a su excelente puesto en el Ministerio de Guerra —o de Defensa, como lo llamaban entonces— y a vender todos sus bienes en pos de ayudar a los pobres. El hombre terminó muriendo en un banco del parque una neblinosa noche de otoño, cosa que produjo una enorme satisfacción en Warrender. Por otra parte, y así lo expuse con toda claridad, él entendía el cristianismo desde una perspectiva mucho más evolucionada y práctica. Quizá no debí utilizar la palabra *indujo*. Warrender utilizaba la Palabra de Dios como un instrumento de terror, como un aguijón. Y mostré cómo cuatro mujeres del grupo de oración fueron sus principales víctimas, porque él odiaba profundamente a las mujeres. Una de ellas se suicidó al no poder soportar el peso de la culpa que él le inspiraba, convencida de no contar con amigos. Otras dos enloquecieron, entre ellas su ama de llaves Charlotte, aquella Rosa Inglesa tan hechizada por él. Marjorie, la mujer de su sobrino, estaba al borde de una crisis de nervios cuando el choque en la carretera mató a Warrender. Los críticos me preguntaban si Warrender estaba enamorado de su sobrino. ¿Cómo iba yo a saberlo? Warrender Chase nunca existió y no es más que unos centenares de palabras, signos de puntuación, oraciones, párrafos, marcas sobre la página. De haber concebido los motivos de Warrender Chase como un estudio psicológico, lo habría dicho. La verdad es que nunca me interesaron los motivos, jamás.

Llené hojas y hojas, que apoyaba contra el anverso de la bandeja que usaba para comer en mi cama aquel invierno que pasé enferma con gripe, y seguí escribiendo aun cuando la gripe me afectó los bronquios y se convirtió casi en pleuresía. Estaba demasiado afónica para poder leerle a Dottie cuando venía a verme. Pero cuando me habló de sir Quentin y dijo: «Beryl Tims está enamorada de él», me incorporé bruscamente en la cama y exclamé: «¡Por Dios!». La idea de que alguien pudiese estar enamorado de sir Quentin era inconcebible para mí.

5

Advertí el deterioro de los miembros de la Asociación Autobiográfica precisamente a finales de enero de 1950, una semana después de haber terminado mi libro. Estaba decaída después de la gripe, pero contenta de haber completado mi obra. No tenía grandes esperanzas de éxito para *Warrender Chase*, pero ya planeaba un libro mejor. Solly me había encontrado otro editor para reemplazar al primero, cuyo contrato le había parecido tan despreciable. Este nuevo editor, un hombre de cierta edad, se llamaba Revisson Doe. Tenía la cabeza redonda y calva, del tipo lustroso que siempre deseo acariciar cuando me toca sentarme detrás, en una iglesia o en el teatro. Me dijo que *Warrender Chase* le parecía «muy inmoral, especialmente en sus momentos frívolos», y que «los jóvenes de hoy están espiritualmente enfermos» pero, con todo, imaginaba que su editorial podía publicarlo, aunque sufriendo algunas pérdidas, con la esperanza de publicar mejores obras mías en el futuro. Me ofreció lo que según él era el contrato habitual, una hoja impresa. No era malo, pero tampoco era bueno. Más tarde, a través de mis actividades de espionaje, descubrí que su firma, Park & Revisson Doe, tenía su propia imprenta para imprimir «el contrato tipo» que usaban todas las editoriales, solo que retocado especialmente para sacar ventaja de cada autor. A pesar de todo, Revisson me cayó bien cuando recordó alegremente episodios de su juventud como empleado en una revista literaria, de donde lo enviaron a Holborn a entrevistar al poeta Yeats: «Vi una figura envuelta en una capa oscura. Le pregunté: "¿Usted es el señor Yeats, el poeta?". Él se detuvo, levantó una mano muy alto y dijo con su acento irlandés: "El mismo"».

Pero esas eran cosas del pasado y yo me despedí por el momento de Revisson Doe tras firmar el contrato. *Warrender Chase* debía publicarse en el mes de junio; solo me quedaba esperar las primeras pruebas. A final de enero, cuando volví a mi trabajo en casa de sir Quentin, casi había borrado el libro de mi mente.

Las primeras pruebas llegaron en marzo. Cuando me vi frente a frente otra vez con mi obra, me sentí tan ajena a ella que no me decidía a revisarla y buscar errores tipográficos. Una tarde fui con Solly a St. John's Wood a visitar a nuestros amigos Theo y Audrey, un matrimonio que, al haber publicado sus respectivas primeras novelas, gozaba de más respeto en el mundo literario altamente jerarquizado que cualquiera de los amigos sin libro publicado, y con quienes me encontraba en veladas de lectura de poesía en una sala de la Ethical Church. Theo y Audrey accedieron a revisar mis pruebas; los exhorté a no hacer ningún cambio, simplemente les pedí que detectaran errores de ortografía.

Les entregué las pruebas.

Eran buena gente.

—Qué aspecto de atormentada tienes —me dijo Theo—. ¿Qué te pasa?

—Está atormentada —terció Solly.

—Estoy atormentada —dije, pero no pude explayarme.

Solly dijo:

—Su trabajo la deprime. —Y tampoco añadió más aclaraciones.

Audrey me dio un paquete con los panecillos y los sándwiches que habían sobrado del té, para que me los llevara a casa.

Desde finales de enero y durante los dos meses siguientes, poco a poco había llegado a sentir que los miembros del grupo de sir Quentin se asemejaban cada vez más a los edificios bombardeados que afeaban el paisaje urbano de Londres. Esas ruinas empeoraban mes a mes, como empeoraban los miembros de la Asociación.

Dottie no lo veía así.

Un día sir Eric Findlay me preguntó:

—¿Usted *realmente* cree que la señora Wilks está cuerda?

Me pareció que lo más seguro era comentar:

—¿Qué es estar cuerdo?

Sir Eric parecía estar asustado. Estábamos solos tomando café después de la comida en el salón para señoras del Club de Bath, que a causa de un incendio en su local habitual ocupaba temporalmente el edificio de otro club, el Conservador, creo.

—¿Qué es estar cuerdo? Diría que usted está cuerda, Fleur, y todo el mundo lo sabe. El problema es que el grupo de Hallam Street dice... ¿No cree que sería hora de que todos discutiésemos abiertamente? Una buena pelea sería mejor que lo que sucede en este momento.

Le dije que no me gustaba la idea de una pelea colectiva.

Sir Eric agitó la mano para saludar de mala gana a una pareja mayor que acababa de entrar y que ocupó un sofá en un extremo del salón. Poco después, otras personas se reunieron con ellos. Sir Eric saludó con la mano y sacudió la cabeza con aire tímido, como si mantuviese un grato diálogo conmigo sobre la Filarmónica de Londres, la Copa de Oro de Cheltenham o mis propios encantos, en lugar de este deprimente asunto de lo que no funcionaba en el seno de la Asociación Autobiográfica.

En ese momento deseé haber tenido el don de echar «mal de ojo» para usarlo contra sir Eric, como venganza por haberme llevado a comer para abrumarme con sus quejas absurdas.

—Una gran pelea —dijo, y sus ojitos tímidos brillaron—. La señora Wilks no está bien de la cabeza. Usted, Fleur, sí —dijo, como si hubiese alguna duda de que lo estuviera.

Sentí cierto pánico, pero por suerte supe dominarlo. Tenía la sensación de que era necesario seguir allí sentada, inmóvil, como ante la presencia de una bestia feroz. Volvió a mi mente la atmósfera de *Warrender Chase*, pero con dimensiones grotescas, sin su tono sereno. Cuando empecé a escribir, la gente solía comentar que mis novelas eran un poco exageradas. Pero no eran exageradas, eran simplemente aspectos del realismo.

Sir Eric Findlay era real, sentado junto a mí en el sofá y quejándose de que la señora Wilks no había sabido apreciar la última parte de su autobiografía —sus registros de guerra—, y por esa razón, estaba loca. Decía que lo único que le importaba a la señora Wilks era aquel tonto incidente del internado con su condiscípulo mientras fantaseaba con la actriz.

—Sigue insistiendo con eso —dijo sir Eric.

—No debió haberlo revelado. Estas autobiografías son peligrosas —dije.

—Le recuerdo que muchas son obra suya, Fleur.

—Los pasajes peligrosos no. Solamente los cómicos.

—Sir Quentin insiste en la franqueza total. —Sir Eric señaló un terroncito diminuto en el pequeño plato de mi taza de café—. ¿Piensa dejar ese terrón de azúcar? —Le dije que no lo quería. Se lo guardó en el bolsillo, dentro de un sobrecito que tenía para ese fin—. Dicen que levantarán el racionamiento de azúcar dentro de tres meses —afirmó con un susurro lleno de expectativa.

Esa misma noche Dottie me dijo:

—Comprendo el punto de vista de Eric. La señora Wilks tiene una obsesión con el sexo. Dudo que la violara un soldado ruso antes de su fuga. Creo que es solo una expresión de deseo.

—A mí me es indiferente lo que hayáis hecho cualquiera de vosotros —le dije—. Pero no soporto los chismes, el sondeo de opiniones, la adulación entre esa gente horrible.

—Sir Quentin insiste en la franqueza total, y yo creo que debemos ser francos los unos con los otros.

Sé que en aquel momento miré a Dottie como si fuese una completa extraña.

Maisie Young había averiguado mi dirección. Se presentó en mi cuarto un sábado por la tarde, pocos días antes de la comida con sir Eric Findlay en el club. También ella venía a quejarse, según descubrí más tarde, aunque al principio me aseguró que no quería entrar, que solo había ido a devolverme el libro, y que el taxi estaba esperándola. Le dijimos al taxi que se fuera.

—Ah —dijo Maisie—, qué cuarto tan pequeñito y encantador. ¡Tan compacto! —Ella, en cambio, ocupaba la mejor mitad de una casa en Portman Square y disfrutaba de la renta que le proporcionaba la otra mitad. Creo que le sorprendió la falta de espacio en el cuarto donde, en ese momento, yo vivía la totalidad de mi vida. La asombraba que alguien pudiese tener lugar para ideas inteligentes cuando contaba con un hornillo de gas para cocinar, una cama para dormir y sentarse, una caja de naranjas vacía para guardar las provisiones y la vajilla, una mesita para comer y escribir, un lavabo, dos sillas para sentarse o —como en esta ocasión— para colgar la ropa lavada, un armario rinconero para guardar la ropa, unas paredes donde ubicar estanterías para libros y un suelo en el cual se acumulaban más libros amontonados. Maisie abarcó todo eso aferrada a las riendas de su bolso, con una mirada atónita, como si se hubiese caído otra vez del caballo. Creo que era su bondad simplona la que le hacía repetir una y otra vez: «Compacto, compacto, realmente es... Es realmente... No sabía que existían cosas como esta».

Retiré la ropa lavada de una de las sillas e instalé en ella a Maisie con dos volúmenes de la *Enciclopedia Británica* y las *Obras completas* de Chaucer apilados para formar un apoyapiés donde pudiese descansar su pobre pierna enjaulada. Lo mismo hacía para Edwina y para Solly Mendelsohn cuando venían a visitarme. Maisie recibió este gesto con mucha amabilidad. Yo me senté en la cama y le sonreí.

—Quiero decir que no sabía que existía esto en Kensington —dijo Maisie—. Mejor dicho, en el Kensington de hoy en día. ¿Aquí es adonde trae a lady Edwina?

Le dije que sí, a veces. Empecé a preparar el té, y el renovado asombro de Maisie fue tan evidente que tuve que asegurarle que tenía visitas a menudo, cinco, seis, a veces incluso más al mismo tiempo.

—¿Y cómo hace usted para mantenerse tan limpia? —dijo Maisie, ahora mirándome con otros ojos.

—Hay un baño en cada piso. Darse un baño cuesta cuatro peniques.

—¿Nada más?

—Es demasiado —dije, y le expliqué que los propietarios ganaban una fortuna con los medidores de peniques instalados en los cuartos de baño y los de un chelín en los dormitorios, porque cuando el empleado de la compañía de gas venía a cobrar recibían un reembolso, botín que no compartían con los inquilinos.

—Me imagino que tienen que ganar algo —dijo Maisie.

Eso me hizo adivinar a favor de quién estaba, y a pesar de que luego miró el cuarto con aire inquisidor, no le di ninguna información sobre el alquiler, para que no lanzara exclamaciones sobre lo barato que era.

—Cuántos libros tiene... ¿Los ha leído todos? —me preguntó.

A pesar de todo, Maisie me caía bien. Era ignorante en cuanto a las realidades de la pobreza, como era, en verdad, en cuanto a la mayoría de las realidades, pero no tenía pretensiones. Se instaló con su té y su galletita y comenzó a decir lo que había venido a decirme.

—El padre Egbert Delaney —dijo— cree que Satanás es mujer. Me lo dijo casi en estos términos y pienso que habría que obligarlo a renunciar. Es un insulto para las mujeres.

—Creo que sí —convine—. ¿Por qué no se lo dice?

—Yo creo que usted, Fleur, como secretaria, debería abordar la cuestión con él y luego presentársela a sir Quentin.

—Pero si le digo que Satanás es hombre lo considerará un insulto a los hombres.

—Personalmente, no creo en Satanás —dijo Maisie.

—En ese caso, no tiene importancia —señalé.

—¿Qué tiene importancia, entonces?

—Si Satanás no existe, ¿para qué preocuparse de si nos referimos a él como hombre o como mujer?

—Estamos refiriéndonos al padre Delaney. ¿Sabe lo que pienso?

Le pregunté qué pensaba.

—Pienso que el padre Delaney es Satanás. Debería informar a sir Quentin sobre el asunto. Sir Quentin insiste en la franqueza total. Es hora de que todos pongamos las cartas sobre la mesa.

Maisie Young seguía cayéndome bien. Tenía un aire de libertad del que ella misma no era consciente y sentada en mi cuarto me recordó a Marjorie, mi personaje de *Warrender Chase*. Dejé a un lado ese pensamiento y me concentré en su comentario: «Sir Quentin insiste en la franqueza total». Se me fijó en la mente de tal manera que a los pocos días, cuando estaba con sir Eric Findlay en su club y él dijo lo mismo dos veces, me convencí de que sir Quentin había comenzado a orquestar la actuación de su banda de tontos. En aquel momento, sentada con Maisie en mi cuarto, solo me irritó su «sir Quentin insiste».

—La franqueza total siempre es un error entre amigos —dije.

—Entiendo lo que quiere decir —repuso Maisie—. Finge que la alegra verme aunque en realidad no le gusta que haya venido. No soy más que una pobre lisiada y, además, la aburro.

Me quedé horrorizada porque en el instante en que volvió contra ella misma la generalización que yo acababa de hacer, se convirtió en una persona aburrida, no solo para el momento en que estábamos sino también proyectada hacia el futuro. Esa percepción de Maisie en el futuro me afectó tanto que me provocó una opresión en la boca del estómago. De pronto, pareció perder ese aire de libertad que ella probablemente nunca fuese capaz de advertir que había tenido alguna vez.

—Vamos, Maisie —dije—. Nunca he pensado tal cosa. Hablaba en sentido general. Muchas veces la franqueza es un eufemismo para la grosería.

—La gente debería ser franca —dijo la chica tonta—. Sé bien que soy lisiada y aburrida.

Ansié que el teléfono sonara en ese instante pero no sonó, o que llegara alguien pero nadie llegó. Murmuré algo parecido a que con frecuencia la incapacidad física era un atractivo. Ella replicó con vehemencia que prefería no hablar de su vida sexual. Así terminó mi franqueza.

Maisie levantó el libro que me había traído. Era la *Apología pro Vita Sua* del cardenal Newman que yo había cogido prestado de la biblioteca pública.

—Sir Quentin me prestó su propio ejemplar —me dijo.

Me miraba sin percibir realmente mi presencia. Por un momento, tuve la sensación de ser un fantasma gris, el «yo» en una novela cuya descripción física el autor hubiese decidido no incluir. Sin duda, todavía estaba débil después de la gripe. Maisie hojeó las páginas de la *Apología* hasta encontrar el pasaje que quería leerme. Era al principio del libro, donde Newman habla de sus sentimientos religiosos cuando era niño. Creía haber sido elegido para la gloria eterna. Ese sentimiento se disipó poco a poco, pero tuvo influencia en los juicios de su primera juventud:

> ... al aislarme de los objetos que me rodeaban, al confirmar mi desconfianza hacia la realidad de los fenómenos materiales y al llevarme a buscar apoyo en la idea de dos y solo dos seres supremos de una evidencia luminosa, mi Creador y yo...

Maisie terminó de leer.

—Esto me parece precioso, y tan cierto... —dijo.

Me enfadé. Me exasperó haber pasado los últimos tres años y medio de mi vida estudiando a Newman —sus sermones, sus ensayos, su vida, su teología—, y haberlo hecho sin buscar recompensa alguna, sacrificando placeres y alegrías que no volvería a vivir, mientras que Maisie, hasta el momento del accidente, había pasado su tiempo en bailes de debutantes, galopando en los parques de las casas de campo restituidas a los dueños después de la guerra, y después de su accidente, trazando con amigos esas teorías del Cosmos carentes de toda disciplina. El sacrificio de los placeres es sin duda un placer, pero no estaba con ánimo de hacer razonamientos tan sutiles en aquel momento. La lectura que me hizo Maisie del célebre pasaje de Newman y el comentario sobre su belleza y su verdad me irritaron profundamente.

—Ahí Newman describe una fase pasajera —observé.

—No, no. Esto aparece en toda la obra... «dos y solo dos seres supremos de una evidencia luminosa, mi Creador y yo...».

Advertí que en cierto sentido Maisie tenía razón, y toda la idea de Newman que hasta ese momento había hallado cautivante adquirió otro aspecto. Siempre me había gustado ese pasaje en especial, por la gran convicción que tenía yo en su fuerza y en su capacidad de aplicación como ideal humano. En cambio, de la manera en que pronunció Maisie las palabras, sentí repulsión por la terrible locura que discerní en ellas: «... mi desconfianza hacia la realidad de los fenómenos materiales... dos y solo dos seres supremos de una evidencia luminosa, mi Creador y yo...». Sentí orgullo de mis caderas fuertes y de mi sólida caja torácica, que me impedían desintegrarme por la violencia explosiva de mis pensamientos. Sin embargo, oí mi propia voz decirle a Maisie con frialdad:

—Es una visión de la vida bastante neurótica. No es más que una visión poética. Newman fue un romántico del siglo XIX.

—No sé si sabes que todavía hay gente que recuerda al cardenal Newman. Se lo consideraba un santo —comentó Maisie.

—Me parece horrible una visión del mundo que contempla la existencia de solo dos seres luminosos y evidentes, tu creador y tú misma. No deberías interpretar a Newman así.

—Es un concepto precioso, preciosísimo...

—Lamento haberte aconsejado que leyeses la *Apología*. Es una hermosa obra de paranoia poética.

Aquí cometía una excesiva simplificación, una distorsión, pero necesitaba la retórica para refutar sus ideas.

—El padre Delaney fue el primero en mencionármelo —dijo Maisie—. No sé cómo puede ser que ese hombre malvado aprecie una obra como esta. Pero es verdad que tú insististe en que todos la leyéramos como ejemplo de autobiografía.

—Para mí, el padre Egbert Delaney es un ser claro y luminoso —dije—. Y tú también, y el maldito patrón de mi casa, y lo mismo se aplica a toda la gente que conozco. No puedes vivir en esa relación de Tú y Yo con Dios y dudar de la realidad del resto de la vida.

—¿Has hablado con sir Quentin de tus puntos de vista? —me preguntó—. Recuerda que él insiste en la franqueza total. Nos dijo que todos debemos estudiar la *Apología* como ejemplo de prosa autobiográfica.

A esas alturas ya me había calmado y me alegré al pensar cuánto tiempo extra y no retribuido me había ahorrado al no recordarles a Proust y su autobiografía ficticia. Quería que Maisie se fuera y poder olvidar a la Asociación Autobiográfica por lo menos durante el fin de semana. Toda esa gente con su sir Quentin no eran más que hojas de papel en las cuales escribir cuentos, poemas, lo que se me ocurriera. Miré mi reloj y con aire altanero e impaciente le dije que tenía que hacer una llamada.

—¡Pero qué tarde es! —Y con estas palabras me dirigí al teléfono y pedí el número de Dottie. No estaba en casa. Colgué el auricular y dije—: Creo que he perdido a mi amiga.

Maisie tenía la mirada fija, como en un ataque de catalepsia, ajena a mi llamada telefónica y a mi agitación. Por un momento temí que estuviese sufriendo un síncope, pero casi enseguida empezó a hablar en un tono tan propio de alguien en trance que sospeché que fingía.

—El padre Delaney es la personificación de Satanás. Me creerás si te digo lo que me ha contado sobre ti, Fleur.

De inmediato me puse en alerta.

—¿Qué ha dicho de mí? —pregunté, recalcando las palabras.

Maisie cayó en otro estado de ensueño. Sabía que era una tontería insistir en que me contara más, pero me moría por saber.

Por fin habló.

—Tu querido padre Delaney, a quien tan ansiosa estás de proteger, dice que estás tratando de persuadir a lady Edwina para que cambie su testamento. Dice que Beryl Tims está convencida de ello. En realidad, todos creen que te estás entrometiendo para que cambie el testamento a tu favor.

Me eché a reír, pero aunque yo esperé que no se notara, la risa sonó falsa.

—El padre Egbert Delaney —dijo— se pregunta por qué otro motivo te tomarías la molestia de llevar de paseo a esa horrible mujer, o por qué pasarías tiempo con ella.

Rogué de nuevo para mis adentros que alguien me llamase por teléfono o que llegase alguna visita. El hecho de que mi plegaria muda fuese respondida a los pocos minutos no prueba su eficacia. Eran las seis de la tarde, hora en que mis amigos podían llamarme o visitarme camino de alguna otra parte.

—Es una cuestión que tenía que surgir, ¿no? —prosiguió Maisie—. Por supuesto, yo pienso que el padre Delaney es completamente malvado. Estoy de tu parte, Fleur, y no creo que tengas que explicar por qué le dedicas tanta atención a esa vieja desagradable.

—Ni siquiera tengo que explicar por qué te dedico tanta atención a ti —dije—. Diría que vas a morirte antes que yo, y no creo que vayas a dejarme nada en tu testamento.

—Ay, Fleur, qué palabras más duras y desagradables... ¿Cómo puedes hablar así? ¿Cómo puedes imaginarme muerta? Y yo estoy de tu parte, de tu parte, y te lo he dicho solo por tu propio...

Golpecitos a la puerta. Cuando se abrió, me sorprendió ver al poeta de Leslie, con ese nombre tan apropiado, Gray Mauser, y su connotación de ratón gris insignificante, por lo que escribía bajo el seudónimo de «Leandro». Asomó tímidamente la cabeza por la puerta. Anteriormente solo había venido una vez a visitarme.

—¡Gray, qué contenta estoy de verte! ¡Entra!

Pareció alegrarse por mi bienvenida. Ese engendro lamentable, aunque claro y luminoso, hizo su entrada. Era menudo, delgado y etéreo, de unos veinte años, con brazos y piernas cuya falta de coordinación no llegaba al punto de requerir tratamiento médico, aunque evidentemente no estaba bien articulado. No podría haber estado más feliz de verlo ante mi puerta.

—Solo me preguntaba si por casualidad Leslie estaba aquí —dijo.

—Seguramente llegará en cualquier momento —respondí. Se lo presenté a Maisie y ella de inmediato dijo que le agradecería a Gray que saliese un instante a buscarle un taxi.

Gray obedeció, encantado de ser útil. Yo fui con Maisie detrás de él, ayudándola con su bastón y con la correa del bolso que llevaba envuelta entre los dedos. Era probable que estuviera ofendida, pero yo no tenía ningunas ganas de comprobarlo. La instalé en el taxi que estaba delante de mi puerta y volví a entrar, tiritando de frío y seguida por el poeta amante de Leslie.

Esa noche fuimos a un pub conocido por su clientela literaria, donde bebimos un poco de cerveza y comimos croquetas de carne y patata. Conté en la mía dos daditos de carne, y Gray solo encontró uno entre los trocitos de patata ocultos bajo la dura costra de masa. Y lo que me parece más curioso es que, en el recuerdo, la idea de ese bocado de patata del día anterior me repugna, pero en aquel momento me pareció delicioso. Mi pregunta es la siguiente: «¿Qué vi entonces en ese bocado grasiento?». Y tiene que ver con algo que podría preguntarme hoy: «¿Cuál era el atractivo de un hombre como Leslie?».

En el pub me senté con Gray en una de las mesas apartadas. Junto a la barra había uno o dos poetas conocidos a los que admiramos desde una distancia respetuosa, ya que estaban muy lejos de nuestra esfera. Creo que en aquella ocasión los poetas que estaban junto a la barra eran Dylan Thomas y Roy Campbell, o bien podría haber sido Louis MacNeice con alguien más. No implicaba ninguna diferencia. Lo importante era que el ambiente era tan bueno como las croquetas de patata y la cerveza, y que podíamos hablar. Gray me contó algunas de sus innumerables dificultades. Leslie se había ido con Dottie a Irlanda tres días antes, prometiendo volver la noche anterior, pero no había aparecido. Como regalo consuelo le había dejado una corbata de seda gris con lunares azules que Gray tenía puesta y que lo hacía sentirse orgulloso y triste a la vez. Yo tenía poco que decirle, pero recuerdo que estar sentada con él aquella noche en el pub disipó algo de la furia que sentía contra Maisie Young. Lo alegré un poco al comentarle que en el fondo no creía que Leslie fuese amigo de las mujeres. Decidimos que, en general, los hombres son más sentimentales que las mujeres pero las mujeres son más fiables. Después Gray sacó del bolsillo unas hojas de papel arrugado y me leyó un poema sobre la media luna que, según me explicó, era un símbolo sexual.

Nunca había tenido una gran opinión de Gray, era tan simple que no despertaba muchas ideas en este sentido, pero esa noche, cuando nos separamos y yo volvía a casa en el metro, pensé en lo cuerdo que era en comparación con Maisie y con la Asociación Autobiográfica en general. Al salir de la estación en High Street Kensington, llovía y hacía frío, pero seguí mi camino, feliz.

Así que, cuando pocos días más tarde tuve que sentarme en el club de Eric Findlay y escuchar sus quejas, de alguna forma estaba preparada; podía dominar mi pánico.

6

Cuando Dottie volvió de Irlanda el fin de semana siguiente, una semana más tarde de lo esperado, Leslie la había abandonado otra vez por Gray.

—En otras circunstancias no me molestaría tanto —dijo cuando vino a verme—, pero que me abandone por esa rata es más de lo que puedo soportar. Si hubiese sido por un chico atractivo, o inteligente... ¡Pero ese Gray Mauser es tan patético!

Le recordé a Dottie que Leslie no había pasado directamente de ella a Gray.

—Es a mí a quien dejó —aclaré.

—No me importaba compartirlo contigo —dijo ella.

Me pareció raro el comentario y me reí. Por su parte, a Dottie le parecía raro que yo encontrase cómica la situación.

—Claro —dijo la Rosa Inglesa—, tú eres dura y yo soy blanda. Leslie me trae su trabajo para que se lo pase a máquina y, como tonta que soy, lo hago. Está escribiendo una novela. —Dottie había empezado a tejer.

Le pregunté con mucho interés por la novela. Me dijo que no podía decirme nada salvo el título, *Dos caminos*.

—Sin duda Leslie te dejará leerla cuando la haya terminado —dijo Dottie—. Es muy buena, muy profunda.

—¿Es autobiográfica?

—Básicamente, sí —respondió Dottie con cierto orgullo, como si ese fuese un requisito primordial de una novela buena y profunda—. Ha tenido que cambiar algunos nombres, claro. Pero es una novela muy franca, lo único que importa en el mundo de hoy. Sir Quentin, por ejemplo, siempre insiste en la franqueza total.

No quería inquietar a Dottie expresándole mi convicción de que la franqueza total no es una cualidad que favorezca el arte. Luego, con bastante tristeza añadió que nadie era nunca franco completamente, que era una ilusión. Asentí y eso la incomodó.

Pero de cualquier manera me había cansado de oír el nombre de sir Quentin y todas las cantinelas alrededor de su trono.

Le conté la visita que me había hecho Maisie. Le conté mi comida con Eric Findlay. Después de un rato me di cuenta de que Dottie estaba más callada que de costumbre. Y a pesar de eso, seguí hablando. Añadí el detalle (verídico) de que cuando estaba sentada con Eric en un sofá de su club, él había cruzado las piernas de tal manera que la suela de su zapato estaba casi delante de mi cara. Para mí, por lo menos en el plano inconsciente, había querido insultarme. Le dije que consideraba la *Apología* de Newman un libro que no correspondía haber recomendado al grupo, porque en realidad se refería a un caso en especial, la autodefensa de Newman frente a las acusaciones de Charles Kingsley de falta de sinceridad. Señalé que las autobiografías estaban dando un giro paranoico como consecuencia de haber seguido el modelo de la *Apología*. Por último, le dije que un modelo mucho mejor habría sido la *Vita* de Benvenuto Cellini, llena de vigor y alegría de vivir. Un toque de normalidad, dije. Dottie seguía tejiendo.

Tejía. Una bufanda roja. Llegaba al final de la hilera y le daba la vuelta una y otra vez. Le dije que sir Quentin estaba pareciéndose más y más al personaje de mi *Warrender Chase*.

Era algo sorprendente: podría haberlo inventado, haberlos inventado a todos ellos, a todos. Dije que Edwina era la única persona auténtica de toda esa colección. Dottie dejó de tejer por un instante y me miró. No dijo nada y luego recomenzó su labor.

Yo seguí hablando sin esperar una sola respuesta. El silencio de Dottie no me importó en ese momento y en realidad sentía que la estaba impresionando. Le dije que, a mi juicio, toda la Asociación Autobiográfica estaba perdiendo la razón, lo que satisfacía a sir Quentin, y terminé contándole que el padre Delaney había susurrado a mi oído en una reunión una frase despectiva sobre «las tetas de la señora Wilks». Le aclaré a Dottie que la ofensa se dirigía mucho más a mí que a la señora Wilks. Le expliqué que podía tolerar la procacidad de Solly Mendelsohn o, si hubiese estado vivo, la de Benvenuto Cellini, porque eran hombres generosos y sanos, pero no pensaba permitirle a ese santurrón *défroqué* que obtuviera placer insultando mis oídos.

—Se hace tarde —dijo Dottie.

Había guardado su labor en su horrible bolsa negra. Me dio las buenas noches y se fue.

Cuando se fue, me quedé muy intrigada por su silencio, lo malinterpreté. Le di tiempo para llegar a su casa y la llamé por teléfono.

—¿Te pasaba algo, Dottie?

—Mira —me dijo—. Creo que estás volviéndote loca. Sufres de delirio. A nosotros no nos sucede nada. Somos un grupo perfectamente normal. Creo que a ti te pasa algo. Beryl Tims... Bien, ella ya hablará por sí misma. Tu *Warrender Chase* es una novela completamente anormal. Theo y Audrey Clairmont opinan que es la obra de una persona desequilibrada y están muy preocupados después de haber corregido las pruebas. Leslie dice que es una locura.

Me dominé lo suficiente como para pensar en una respuesta apropiada, porque lo que realmente me indignó fue el ataque contra *Warrender Chase*. Lo demás no me importaba.

Arrastrando las palabras con la calma de mi histeria contenida, dije:

—Si tienes alguna influencia sobre Leslie con respecto a su novela, podrías tratar de quitarle esa muletilla odiosa que utiliza tanto: «Con referencia a...». En sus reseñas la usa todo el tiempo.

Oí el llanto de Dottie. Había pensado explayarme más sobre la prosa de Leslie, sobre sus espantosas tautologías. Solo llegaba al nudo de una cuestión tras perderse irremisiblemente en una maraña de palabras polisílabas e imágenes más conocidas que la ruda.

—No decías esas cosas cuando te acostabas con él —me dijo.

—No me acostaba con él por el estilo de su prosa.

—Yo creo que en nuestro mundo estás fuera de tu elemento.

Así terminó una del millón de peleas que mantuve con Dottie.

—¡Por favor, Fleur! —dijo lady Bernice Gilbert, «Bucks», con su voz ronca y perezosa—. ¿Quiere pasar los sándwiches? Además, podría ayudar con los abrigos. Mi sirvienta solo tiene dos manos. Mire a ver si alguien quiere beber...

Había insistido en que asistiese a su cóctel y ahí estaba yo, en su apartamento de Curzon Street, con mi vestido de terciopelo azul, en medio de una bandada de loros. Entonces entendí por qué había insistido tanto en invitarme. De mala gana levanté un plato de galletas de queso y lo coloqué bajo la nariz de un hombre joven y robusto que estaba de pie junto a mí.

El hombre aceptó una galleta y me dijo:

—¡Fleur! ¡Eres tú!

Era Wally McConnachie, un viejo amigo de la época de la guerra, que trabajaba en el Ministerio de Relaciones Exteriores. Wally había estado en Canadá. Apoyados en la pared empapelada nos pusimos a hablar mientras Bucks me miraba indignada; no, peor aún, furiosa. Cuando se cansó de mirarme y yo recobré la sonrisa gracias a la charla de Wally y a la bebida, convencí a Wally para que recogiera los abrigos junto a la puerta y me ayudara a ofrecer los sándwiches llenos de exquisiteces del mercado negro y con los cuales tanto él como yo nos llenamos bastante. Esto enfureció a Bucks todavía más.

—Estoy segura —dijo al pasar junto a mí— de que sir Quentin desearía que usted me ayudara. Todavía no ha llegado.

Respondí que sir Quentin insistía en la franqueza total y que, para ser totalmente franca, yo estaba ayudándola y los sándwiches tenían buena aceptación.

Poco después llegó sir Quentin y uno por uno los miembros de la Asociación Autobiográfica se infiltraron entre los otros invitados. El salón estaba repleto. Desde lejos vi a Dottie y a Maisie hablando con gran seriedad sin dejar de mirarme. Sobre el piano, junto a una gran fotografía del difunto marido de Bucks con su infinidad de condecoraciones, había muchos vasos vacíos. La dueña de casa me cogió del brazo y sin decir una palabra me los señaló.

Wally y yo los juntamos, los dejamos en la cocina y nos fuimos. Comimos en Prunier's, con su sedante decorado acuático, y nos contamos mutuamente la vida que habíamos llevado desde el último encuentro. Los peces nadaban y se desplazaban en su elemento y nosotros hablamos y nos miramos mucho a los ojos por encima de nuestras copas de vino. Luego fuimos a Quaglino's, donde las paredes oscuras estaban cubiertas de marcos sin cuadros, y bailamos hasta las cuatro de la madrugada.

Durante toda la noche Wally me contó muchas anécdotas divertidas. No tenían mayor importancia, y por eso mismo me reconfortaban. Por ejemplo, me contó la historia de una chica que había conocido, que tenía el insólito hábito de estornudar cuando bebía vino de mala calidad y que, gracias a ese talento, consiguió un trabajo como catadora. Después me contó de otra joven, cuya madre, para vencer las fuertes objeciones de su hija a casarse con un hombre de mal aliento, le dijo: «¡No se puede tener todo!». Ese tipo de anécdotas ligeras me hicieron sentir más despreocupada. Por mi parte, le conté una cantidad de episodios cómicos sobre el grupo de sir Quentin en Hallam Street y bosquejé a grandes trazos mi propia vida en los humildes suburbios del mundo literario. Wally, que se devanó los sesos para recordar dónde había oído hablar del viejo Quentin Oliver —«no sé bien dónde»—, y que se entretuvo mucho con mis relatos, insistió en que buscase otro trabajo.

—En tu lugar, Fleur, yo me apartaría de todo eso. Serías más feliz.

Le dije que posiblemente fuese verdad. En realidad, esa noche en que me sentí tan animada decidí que prefería conservar mi empleo. Prefería seguir interesada, tal como estaba, a sentirme meramente feliz. No estaba tan segura de desear sentirme feliz; en cambio, sabía que tenía que seguir mis inclinaciones. Pero no le dije nada a Wally. No le habría gustado.

Le prometí presentarle a la fabulosa Edwina.

La mañana siguiente me quedé en la cama. Alrededor de las once, cuando me desperté, llamé por teléfono a Hallam Street para avisar de que no iría a trabajar.

Beryl Tims respondió la llamada.

—¿Tiene certificado médico? —me preguntó.

—Váyase al diablo.

—¿Qué ha dicho?

—No estoy enferma —aclaré—. He estado bailando toda la noche, eso es todo.

—Un momentito. Voy a avisar a sir Quentin.

—No puedo esperar —dije—. Alguien llama a la puerta.

Era verdad. Colgué el auricular y cuando abrí la puerta encontré la cara colorada del conserje, que traía un ramo de rosas ambarinas, y, detrás de él, con su uniforme rosado y su delantal blanco, a la mujer de la limpieza, cuyos servicios no requeridos estaban incluidos en el alquiler. Era un dúo colorido. Los miré fijamente un instante y luego despedí a la limpiadora, mientras el hombre me informaba de que la noche anterior alguien había venido a visitarme: «Esa señora tan simpática que está casada con su amigo. La dejé entrar aquí para que la esperase y se quedó cerca de una hora. Se fue pasadas las diez».

Era Dottie.

Me deshice del conserje y conté las rosas, regalo de Wally. Catorce. El número me encantó. Siempre me ha gustado recibir rosas, pero la docena habitual me resulta bastante vulgar. Catorce indicaba verdadera delicadeza.

Al final de la tarde, casi a las seis, cuando pensaba ya en levantarme y trabajar un poco en mi nueva novela, la baronesa Clotilde du Loiret me llamó por teléfono.

—Fleur, sir Quentin está preocupado por usted —me dijo—. ¿Está enferma? Me ha dicho que quizá yo pueda ayudarla. Si tiene algún problema, ya sabe, sir Quentin insiste en la franqueza total.

—Me he cogido el día libre. Es muy amable por parte de sir Quentin preocuparse tanto.

—Pero en este momento, Fleur, los asuntos de la Asociación están un poco desorganizados, ¿no? Quiero decir que Bucks Gilbert es un poco demasiado, ¿no le parece? Claro que no tiene un penique. Quiero decir, esta tarde hemos tenido un debate muy franco. Acabo de dejarlos. Después sir Quentin inició una especie de plegaria colectiva. Y le diré que me sentí muy incómoda. ¿Qué puedo hacer yo? Veo que por lo menos tengo una vida privada, y cuando digo «privada» estoy segura de que usted sabe a qué me refiero. Pero me opongo a que recen por mí. Le diré que Quentin me aterra. Sabe demasiado. Y Maisie Young...

—¿Por qué no renuncia? —le pregunté.

—¿Qué? ¿A nuestra Asociación Autobiográfica? No sé, no puedo explicárselo, pero creo en Quentin. Estoy segura de que usted también, Fleur.

—Por supuesto. Casi siento que lo he inventado yo.

—Fleur, ¿usted cree que hay algo, me refiero algo especial entre él y Beryl Tims? Quiero decir, parecen muy amigos. Y le diré que esta tarde, durante las plegarias, la horrible madre de Quentin ha llegado y ha empezado a insinuar precisamente eso. Claro que está gagá, pero uno se pregunta... Dice que a usted la quiere mucho, y yo creo que eso también le preocupa a Quentin. Además... quiero decir... Fleur, ¿es verdad que ha escrito una novela sobre nosotros?

7

Tengo la impresión de haber estado sintonizando sin oír realmente las voces, como sucede cuando en la radio pasamos de una emisora a otra. Había mucha actividad en Hallam Street. Eric Findlay y Dottie se unieron contra la señora Wilks. Una mañana llegaron juntos, mientras sir Quentin había ido a la Oficina de Racionamiento Zonal para tratar inútilmente de obtener raciones adicionales de té y azúcar para la Asociación. Recuerdo con claridad que en esa ocasión Dottie me hizo una pregunta que no venía al caso: si había tenido noticias de mi editor. Le dije que había recibido una nota acusando recibo de las pruebas corregidas y que estaba esperando la publicación. La respuesta de Dottie fue: «¡Ah!».

Otro día, llegó la señora Wilks con sus tonalidades pastel, sus velos y un paraguas mojado de color violeta que se negó a darle a Beryl Tims. Había perdido su aspecto de mujer gorda y alegre. La última vez que la había visto, noté que estaba perdiendo peso, pero ahora era evidente que estaba muy enferma, o bien que seguía algún régimen. Tenía la cara maquillada y reseca, lo que le alargaba demasiado la nariz. Los ojos parecían más grandes y tenían una expresión extraviada. Me exigió que en las actas cambiase el nombre de señora Wilks por el de señorita Davids, explicándome que desde ese momento debía figurar de incógnito porque los trotskistas estaban designando agentes por todo el mundo para localizarla y asesinarla. Recuerdo que sir Quentin entró en el momento en que deliraba de este modo y me envió a buscar algo. Cuando volví, la señora Wilks se había ido y sir Quentin estaba arrellanado en su sillón, con los ojos entrecerrados, un hombro algo volcado hacia delante y las manos entrelazadas en actitud de plegaria. Iba a preguntarle qué le pasaba a la señora Wilks, cuando él comentó:

—La señora Wilks se ha excedido con el ayuno. —Dicho esto pasó a otro tema.

Sir Quentin siempre estaba a la defensiva cuando se refería a su pequeño rebaño. Un día, por esta época, le hice un comentario desdeñoso sobre el padre Egbert Delaney, que se había quejado por teléfono de la presencia de Edwina en las reuniones. Sir Quentin contestó con aire solemne:

—Uno de sus antepasados luchó en la batalla de Bosworth.

Ahora que me había quitado de las manos las autobiografías, mi trabajo en su casa tenía que ver casi exclusivamente con sus asuntos privados y de negocios, por otra parte perfectamente normales. Me dictaba cartas superfluas para viejas amistades, algunas de las cuales sospecho que no enviaba, porque a menudo las dejaba aparte para firmarlas y enviarlas él mismo. Estaba segura de que intentaba transmitirme una imagen de normalidad. Yo suponía que tenía intereses en Sudáfrica, porque escribía cartas relacionadas con eso. Se ocupaba mucho de su casa de veraneo en Grasse, que había sido ocupada por alemanes durante la guerra. Lo único que le importaba era saber por qué clase de alemanes.

—Miembros del Alto Mando y de la Vieja Guardia, sin duda —decía.

Tenía interés en una fábrica de pinturas que estaba recopilando la historia de la firma, *Cien años de prosperidad*. Yo tenía que ayudarlo con las aburridísimas pruebas. Dudaba que me necesitase en lo más mínimo, excepto para manejar a alguno de los miembros cuando se les antojaba aparecer sin anunciarse o llamar por teléfono, cosa que hacían cada vez con mayor frenesí.

Fue más o menos en esa época cuando me preguntó:

—¿Qué tiene usted contra la *Apología*?

No recuerdo exactamente lo que le contesté. No pensaba dejarme arrastrar de ninguna manera a una discusión con sir Quentin sobre esa obra exquisita ni sobre ninguna otra. Lo único que yo quería era saber qué estaba tramando. Y además, había estado pensando en las obras autobiográficas en general. Por las reminiscencias personales de los miembros había advertido que las anécdotas y las memorias tienen valor solo cuando son extremadamente inusuales, o cuando se relacionan con un producto final interesante. Las experiencias de la primera juventud de Newman o de Miguel Ángel siempre habrían sido interesantes, por triviales que fuesen, pero ¿a quién le importaban —o debían importarle— las memorias de sir Eric Findlay, su mayordomo y su niñera, siendo sir Eric Findlay el hombre que era? Precisamente porque todas esas autobiografías me habían parecido tan monótonas desde el principio era por lo que las había tratado con tanta ligereza, como si la protagonista de los hechos fuese yo, no ellos. Por lo menos, les hice el honor de tratar su producción como historias de la vida real y no como historias clínicas apropiadas para el psicoanálisis. Yo los había inspirado para que escribiesen ficciones sobre ellos mismos.

Y esas autobiografías habían quedado fuera de mi alcance, pero no me importaba. Eran todas aburridas.

Estaba segura de que en sus respectivas existencias no había sucedido nada, y también estaba segura de que sir Quentin estaba introduciendo un elemento artificial en sus vidas en vez de hacerlo en el papel. Al presentar esos hechos como ficción, conseguí crear algo auténtico con ese material tan pobre. Sin embargo, inducir a estas personas a expresarse en la vida real daba como resultado algo falso.

¿Qué es la verdad? Yo podría haberles dado un poco más de realismo con mis invenciones y mis juegos sobre la historia de sus vidas, mientras que sir Quentin estaba destruyéndolos con su insistencia despiadada en la franqueza total. Cuando alguien dice que en su vida no sucede nada, yo le creo. En cambio, debe comprenderse que al artista le sucede todo. El tiempo se recupera siempre, nada se pierde y los milagros nunca terminan.

Mucho más tarde descubrí que sir Quentin les distribuía a todos, incluida Dottie, unas pildoritas amarillas llamadas Dexedrina, que, según les decía, les permitirían soportar los ayunos de purificación que les infligía. Las pastillas no figuraban en mi *Warrender Chase*: eran creación exclusiva de sir Quentin, que por lo visto dudaba de su poder para dominarlos sin ayuda.

El mismo día en que me hizo esa pregunta sobre la *Apología*, sir Quentin pasó al problema de su madre.

—Mamá es un problema —dijo.

Me dediqué a colocar una hoja de papel carbón entre una hoja de papel de escribir a máquina y otra de copia.

—Mamá siempre ha sido un problema —repitió—. Y debo decirle, señorita Talbot, que haría bien en ignorar cualquier promesa que mamá pueda haberle ejecutado en relación con un eventual legado a su favor. Probablemente está senil. La señora Tims y yo...

—No es muy habitual que el sustantivo *promesa* vaya seguido por el verbo *ejecutado* —lo interrumpí crispada, tratando de mantener la calma.

Mientras hablaba, sir Quentin había apretado el timbre para llamar a la señora Tims. Como en el mismo instante sonó también el de la puerta, ella no apareció en seguida, pero sir Quentin sonrió ante mi pequeña disquisición y siguió:

—Usted ha sido muy buena con mamá llevándola a pasear los domingos, y, si eso le ha causado algún gasto, debe saber que podemos hallar formas y medios para reembolsárselo. Desde luego, si desea sacarla a pasear, es posible llegar a un arreglo. Solo que, en el futuro...

—Mi futuro está bastante bien previsto, gracias —dije con violencia—. Y para el pasado, el presente y el futuro, yo no acepto pagos por mi amistad.

—¿Tiene perspectivas matrimoniales? —me preguntó.

Sentí que perdía los estribos.

—He escrito una novela que será un éxito. Me la publicarán en junio —dije.

No sé por qué lo dije, pero estaba furiosa. En realidad, no esperaba tener éxito con mi novela *Warrender Chase*. En ese momento, la nueva novela en la que trabajaba, *Día de difuntos*, exigía lo mejor de mi inteligencia y era el objeto de todas mis esperanzas. Creía que *Warrender Chase* tendría un éxito respetable y moderado como introducción a mi segundo libro. No sabía entonces, como lo sé hoy, que siempre es el libro en el que estoy trabajando el que ocupa el lugar preferencial en mi estima.

Sea como fuere, no estaba de ánimo para ocuparme de las sutilezas de mis propias opiniones en ese momento en que casi escupí esas palabras: «He escrito una novela...».

—Vamos, querida señorita Talbot, seamos totalmente francos. ¿No cree que sufrió de delirio de grandeza?

Percibí cuatro cosas de forma simultánea: Beryl Tims llegó taconeando y, mientras abría la puerta, dijo con su sonrisita falsa que lady Bernice estaba esperando; sir Quentin abrió el hondo cajón del lado derecho de su escritorio con una sonrisa; y al mismo tiempo, volví a oír sus palabras: «¿No cree que sufrió de delirio de grandeza?». Y de todo ese momento psicológico, lo único en que reparé fue en el extraño uso del tiempo pasado... ¿Por qué no dijo «sufre de delirio de grandeza»? Por fin, el último elemento de esa serie completa de impresiones fue reconocer en las palabras «¿No cree que sufrió delirio de grandeza?» las mismas dichas por Warrender Chase. Las pronuncia en su carta a mi Rosa Inglesa imaginaria, Charlotte, cuando le da consejos sobre la forma de interrogar a Marjorie, le escribe: «Plantéeselo así: "¿No cree que sufrió delirio de grandeza?"». Y luego, cuando la viejísima Prudence trata de recordarle al erudito Proudie qué le ocurrió a la chica griega, la que más tarde se suicida, durante la reunión de plegaria, hago que Prudence diga: «Warrender sabía que ella estaba muy mal. Solo unos días antes le había dicho: "¿No crees que sufriste de delirio de grandeza?"».

A pesar de estar furiosa, capté esas cuatro cosas a la vez. Creo que la furia me agudizó la percepción, porque al levantarme para salir vi fugazmente el cajón abierto por sir Quentin. Él lo cerró como un rayo, pero eso no impidió que yo viera en ese cajón un paquete de pruebas de galera de una imprenta. La razón me decía que eran las de la Compañía de Pinturas Settlebury, fundada en 1850, las de su obra del Centenario. Apenas pude ver muy rápidamente y desde lejos las pruebas dobladas en el cajón. No estaba tan cerca como para identificar el tipo de letra de máquina ni tampoco ninguna de las palabras. Entonces ¿por qué se me pasó por la cabeza que podían ser las pruebas de mi *Warrender Chase*? La idea cruzó mi mente pero no la retuve porque me puse a pensar en los fabricantes de pintura. Los dos juegos de pruebas de sir Quentin equivalían a un juego de las de mi novela.

Todo sucedió con gran rapidez. Yo estaba de pie junto a sir Quentin, furiosa con él, dispuesta a irme. Beryl Tims acechaba ahí, en espera de instrucciones, y sir Quentin, una vez cerrado el cajón, dijo:

—Siéntese, señora Tims. Siéntese un momento, señorita Talbot.

Me negué y dije:

—Me voy. —Noté que Beryl Tims llevaba puesto el broche que le había regalado y lo acarició al decir:

—¿Le digo a lady Bernice que...?

—Señora Tims, quiero informarle de que está usted en presencia de una autora —dijo sir Quentin.

—¿Qué ha dicho?

—La autora de una novela que será un éxito de ventas.

—Lady Bernice parece muy agitada. Necesita verlo, sir Quentin. Le he dicho que...

Tenía preparadas todas mis cosas y salía de la habitación cuando sir Quentin me alcanzó en dos zancadas.

—Mi querida señorita Talbot. No se vaya. Por favor, no se vaya. Le hablo así por su bien. Mamá se desmoronaría. Señora Tims... ¿se da cuenta...? La señorita Talbot se ha ofendido.

Les di las buenas noches y salí demasiado enfurecida como para decir algo más. Al irme vi a lady Bernice junto a la puerta del salón con una expresión realmente desesperada, que no tenía nada que ver con su habitual personalidad dominante. Estaba disfrazada, como siempre, pero la impresión que tuve al pasar a su lado fijó en mí una imagen de ropa a la moda pero en desorden y maquillaje embadurnado y corrido alrededor de los ojos. Fue la última vez que la vi. Oí a sir Quentin decir: «Pero, Bucks, dime qué...», en el momento en que yo partía, y estaba demasiado absorta en mi propia indignación para pensar mucho en esa imagen que acababa de ver, y que sin embargo quedó tan grabada en mi memoria que aún hoy sigo viéndola.

Solo quería llegar a casa y todavía estaba asombrada de mi insensatez al hacer esa grandiosa profecía de éxito para mi libro. Me pregunté de dónde provenían las palabras «... novela que será un éxito». Al decirlas había quedado a merced del hombre. No era que considerase el éxito como una vergüenza, sino que en aquel momento no pensaba en *Warrender Chase* bajo esa luz. Por otra parte, desde hacía mucho sabía que el éxito no podía ser mi profesión en la vida; tampoco el fracaso, dicho sea de paso. Ambos eran subproductos. ¿Entonces por qué, me pregunté durante todo el trayecto hacia casa, había caído en la trampa de sir Quentin? Así lo veía ahora, como una trampa. En definitiva, se había apropiado de esas mismas palabras pronunciadas por Warrender Chase: «¿No cree que sufrió de delirio de grandeza?».

Había guardado mi copia de la novela. Era la manuscrita, escrita en folios, que había copiado a máquina para la editorial. No había hecho copia con papel carbón, pues no veía razón para malgastar tanto papel. Mi manuscrito estaba envuelto y el paquete tenía el rótulo WARRENDER CHASE, POR FLEUR TALBOT. Estaba guardado en el fondo de mi armario ropero.

Para asegurarme de que no había error en cuanto al uso por parte de sir Quentin de las palabras textuales de Warrender, cuando llegué a casa decidí sacar el paquete y buscar los dos pasajes. Estaba agitada y sentía que quizás en parte había sufrido delirio de grandeza, o de persecución, o bien algún otro síntoma de paranoia. Y no pude sentirme más paranoica cuando descubrí que mi propia copia de la novela no estaba en el armario, donde debía estar. El paquete, de las dimensiones aproximadas de una guía telefónica de Londres, no estaba allí.

Comencé a revisar el cuarto de arriba abajo. Empecé revolviendo todo, incluso las páginas de mi nueva novela, *Día de difuntos*. Ni rastro de *Warrender Chase*. Me senté a reflexionar. Mi frenética reflexión no dio resultado alguno. Me levanté y me puse a ordenar el cuarto de forma metódica, meticulosa, moviendo cada mueble, cada libro. Lo hice con gran lentitud, desplacé todo, primero, al centro del cuarto, luego volviendo pieza por pieza a su lugar, libro por libro, lápices, máquina de escribir, provisiones, todo. Esta actividad era pura superstición, ya que con solo mirar un poco resultaba obvio que el paquete no estaba, pero tan minuciosa fue mi búsqueda que era como si buscase un diamante. Encontré muchas cosas que creía perdidas, cartas viejas, media corona, poemas y cuentos viejos, pero mi *Warrender Chase* no. Abrí todos los otros paquetes que tenía guardados en una maleta vieja: nada.

Me serví un poco de whisky en un vaso; con gestos cuidadosos, atontados, le agregué agua del grifo y me senté a beberlo. La mujer que hacía la limpieza debía de haberlo tirado a la basura. Pero ¿cómo? Lo había dejado dentro del armario. Hacía años que trabajaba en casa y nunca abría los armarios ni los cajones, nunca tocaba nada. Además, le había pedido que tuviese mucho cuidado con mis papeles y paquetes y siempre lo había tenido, ni siquiera quitaba el polvo de mi mesa por temor a cambiar de sitio mi trabajo. Rezongaba tanto por el desorden que rara vez pasaba el plumero por alguna parte. Empecé a recorrer mentalmente la lista de las personas que habían estado en mi cuarto desde la última vez que vi el paquete en el armario. Wally había venido un rato una vez, pero solo vino para recogerme y salir juntos una noche. Me pregunté si acaso los Alexander habían revisado mis cosas. Absurdo. ¿Leslie? ¿Dottie? Pasé por todos, olvidando por un instante que Dottie había estado en mi cuarto durante mi ausencia, la primera noche en la que fui a bailar a Quaglino's con Wally. Pero no pensé en eso hasta más tarde. En ese momento permanecí sentada, preguntándome si estaría volviéndome loca, si existía *Warrender Chase* o si me lo había imaginado.

Cogí el teléfono para llamar a Wally. No había nadie en la centralita. Entonces vi que era casi medianoche.

El acto mismo de pensar en Wally me devolvió el equilibrio. Después de todo, tampoco importaba tanto lo que había sucedido con el manuscrito. Las copias a máquina y las pruebas estaban a salvo en la editorial. Podía pedirle a Revisson Doe que me devolviera la copia a máquina.

Me acosté y, para no pensar en mis problemas, empecé a hojear las páginas de mi amado Cellini. Como siempre, el sortilegio surtió efecto cuando leí los fragmentos de sus experiencias con el arte y con la virilidad del Renacimiento, la descripción de su amor por las copas y las estatuas, que creaba con materiales que adoraba, sus días en prisión, sus huidas, sus relaciones con otros orfebres y escultores, sus peleas y asesinatos y, una vez más, su deleite en cada aspecto de su arte. Cada página que pasaba era, y sigue siendo para mí, algo mágico:

... Seguro, pues, de poder confiar en ellos, dirigí mi atención a la fragua, que había llenado con trozos de cobre y de bronce, poniendo cada lingote uno sobre otro según las reglas del oficio, es decir, sin apretar demasiado, sino disponiéndolos de tal manera que las llamas pudiesen jugar libremente entre ellos, ya que de este modo el metal es afectado con mayor rapidez por el calor y se vuelve líquido. Luego, presa de un gran entusiasmo, les ordené que encendieran el horno. Entonces apilaron los troncos de pino, y entre la untuosa resina de pino y el tiraje bien diseñado del horno, el fuego ardió en forma tan espléndida que debí alimentarlo, ya en un lado, ya en el otro. El esfuerzo era casi insoportable, pero me obligué a mí mismo a persistir.

Para colmo, el taller se incendió y temimos que el techo cayera sobre nosotros. Después, y además...

Seguí pasando las páginas, hacia atrás y hacia delante, reflexionando sobre cómo Cellini gozó de una larga relación amorosa con su arte, qué contradictorio era Cellini en sus actos, cómo era de presuntuoso con respecto a su trabajo.

... Cuando llegué a Piacenza encontré al duque Pier Luigi en la calle, que me miró de arriba abajo y me reconoció. Él había sido la única causa de todos los males que sufrí en el castillo de Sant'Angelo. Ardí de furia al verlo. Pero como no tenía forma de evitarlo, decidí ir a hacerle una visita. Llegué al palacio en el momento en que quitaban la mesa. Con él estaban algunos hombres de la casa de Landi, los que más tarde serían sus asesinos. Cuando entré, me recibió con la mayor efusividad, y una de las cosas más gratas que brotaron de sus labios fue la declaración hecha a todos los presentes de que yo era el hombre más grande del mundo en mi profesión...

Así, olvidando mis propias dificultades, volví las páginas hasta la primera, al párrafo inicial de esta magnífica autobiografía:

... Todos los hombres, sea cual fuere su condición, que hayan realizado algo de mérito, o que en realidad tiene la apariencia de mérito, si se trata de hombres sinceros y de buena reputación, deberían escribir la historia de su vida de su puño y letra.

Un día —pensé— escribiré la historia de mi vida, pero primero tengo que vivir.

... Me parece que gozo de una mayor paz de espíritu y de una mayor salud del cuerpo que en cualquier otro momento pasado. Recuerdo algunos acontecimientos gratos y también algunas desgracias indescriptibles que me llenan de terror y me hacen maravillar de haber llegado a la edad de cincuenta años, la cual, por la gracia de Dios, me dispongo ahora a dejar atrás para seguir mi camino con júbilo.

Hace unos días, cuando trabajaba en el relato de esa pequeña parte de mi vida y de todo lo que ocurrió a mediados del siglo xx, en aquellos meses de 1949 y 1950, leí el pasaje que acabo de citar y volví mentalmente a la primavera de 1950, al momento en que, tendida en mi cama del cuarto de Kensington, leía ese mismo pasaje. Pensaba que es posible extraer infinidad de poemas encantadores con solo hojear ese libro, yendo y viniendo, eligiendo una página aquí, un párrafo allá, y mientras jugaba con esta idea se me ocurrió, de una forma que no parecía venir en absoluto al caso, que Dottie, que sabía muy bien dónde guardaba yo todas mis pertenencias, sin lugar a dudas se había llevado mi manuscrito la noche en que el conserje le permitió entrar en mi cuarto para esperarme.

Eran más de las dos de la mañana. Salté de la cama y me vestí. Mientras lo hacía recordé las pruebas en el cajón del escritorio de sir Quentin y también aquella curiosa sensación pasajera de que eran las mías. Salí con rapidez al aire frío de la noche y fui a casa de Dottie. No sé si llovía. Casi no reparaba en nada. Pero sentí frío bajo la ventana de Dottie mientras cantaba *Auld Lang Syne*. Temí despertar a los vecinos, pero continué porque estaba bastante enfadada. Canté tan bajo como pude, pero con insistencia, para que mi voz llegara a la ventana del dormitorio de Dottie. En la ventana de otra persona se encendió una luz, la hoja de guillotina se levantó y por el hueco asomó una cabeza. «Deje de hacer ese ruido infernal a estas horas de la noche.» Me alejé de la luz que proyectaba la farola de la calle y al hacerlo vi que la cortina del cuarto de Dottie se descorría. La luz de la calle me permitió ver una cabeza, no la de Dottie, espiando detrás del cristal. Seguí mirando desde la acera y pude comprobar que era una cabeza de hombre. Supuse que era Leslie. El vecino furioso de Dottie se había retirado después de bajar la ventana de un golpe y cuando la luz de esa ventana se apagó vi con mayor claridad, aunque solo por un instante, que la cabeza en el cuarto de Dottie no era la de Leslie: era un rostro cuadrado con un cráneo calvo, la cabeza de un hombre de edad. Tuve la impresión de que era la de mi editor, Revisson Doe.

Volví a casa corriendo, mientras intentaba convencerme de que me había equivocado. Porque era verdad que pensaba a todas horas en *Warrender Chase*. Considerando la pérdida de mi manuscrito, era muy posible que lo tuviese siempre en la mente.

Ahora bien, Dottie, mi Rosa Inglesa, siempre había aparentado ser una católica piadosa y chapada a la antigua. Yo estaba convencida de que ella se había llevado mi novela, pero aún no estaba segura de que no lo hubiese hecho medio en broma, o en uno de sus ataques de moralismo. Podía ser perfectamente capaz de quemar el libro por considerarlo malo, pero yo suponía que no llegaría tan lejos con mis folios. Mi experiencia en la manera de actuar de Dottie me indicaba que era esencialmente inofensiva y sincera, dentro del concepto que ella tenía de la sinceridad. También me pregunté si no se habría llevado la novela para mostrársela a alguien, a algún religioso carmelita que le diera su opinión, seguramente negativa, o a Leslie, para congraciarse con él mostrándole la última parte, que él no había visto. Me hacía mil preguntas. Lo que más me intrigaba era quién podía estar pasando la noche con Dottie. No era su padre, pues yo lo conocía. Se me ocurrió que quizás era algún tío mayor. Sin embargo, una y otra vez volvía a esa visión fugaz de un rostro cuadrado y una cabeza calva, la de Revisson Doe.

No, era imposible que Dottie tuviese un amante y era imposible que Revisson Doe, con la edad que tenía, pudiese ser ese amante.

Estuve despierta toda la noche cavilando sobre esas dos supuestas imposibilidades. Al buscar mi paquete apareció una tarjeta doblada que me había dejado Dottie en una ocasión. Era típico de ella. Dottie había pagado dos chelines y medio para inscribirme a mí en algo que aparecía acreditado en esa tarjeta. «Cofradía de Nuestra Señora del Socorro», se llamaba, y en la explicación: «Para la Conversión de Inglaterra. Jesús, Convierte a Inglaterra. Bajo la advocación de *Nuestra Señora, de San Gregorio y de los Bienaventurados Mártires Ingleses*». Me quedé allí sentada, contemplando la tarjeta, saboreando la compasión de Dottie. En el interior decía: «Lema: Por Dios, Nuestra Señora y la Fe Católica». Y seguía: «Obligaciones: 1. Rezar la Plegaria Diaria por las Intenciones de la Cofradía. 2. Trabajar por los Objetivos de la Cofradía. 3. Contribuir con una cuota mínima de dos chelines y medio anuales al Fondo de Socorro. Fleur Talbot [escrito por Dottie] queda por la presente registrada como miembro del Socorro, Cruz Roja. Indulgencias parciales. 1. *Siete Años y Siete Cuarentenas*. 2. *Cien Días*».

Y seguía así con sus burocráticas Indulgencias, sus Almas en el Purgatorio y el resto de los disparates habituales de Dottie.

Sí, yo también era católica y creyente, pero no de esa clase; no de esa clase en absoluto. Y si era verdad, como Dottie decía siempre, que yo incurría en riesgos terribles para mi alma inmortal, sé que nunca habría podido ser más prudente por varios motivos. Tenía un arte que practicar y una vida que vivir, además de fe en abundancia, pero sencillamente carecía del tiempo y de la mentalidad que requieren las cofradías y las indulgencias, los ayunos y los ritos. En materia de religión, nunca me pareció justo crear mayores dificultades que las que ya existen.

Digo esto porque me pareció muy extraño que una cabeza de hombre que no fuese la de Leslie hubiese aparecido por la ventana de Dottie a las dos y media de la madrugada. Una vez más, mientras cavilaba, visualicé la cabeza de Revisson Doe. Solo lo había visto unas cuantas veces. ¿Era posible? Empecé a pensar que quizás había juzgado mal su edad. Me había imaginado que tenía unos sesenta años. En realidad, estaba segura de que tenía sesenta. A medida que seguía reflexionando, lo imposible se volvió posible. No había tenido la impresión de estar frente a un hombre sexualmente activo, pero en realidad no lo había considerado desde ese punto de vista. La posibilidad existía, excepto que, desde luego, Dottie moriría antes que serle infiel a su marido. Lo consideraba pecado mortal y se hundiría directamente en el infierno si llegaba a ser atropellada en la calle sin haber recibido la absolución. Yo sabía cómo pensaba Dottie. Era imposible. Sin embargo, cuando en las primeras horas de esa madrugada de primavera los pájaros de Kensington comenzaron a cantar bajo mi ventana, la infidelidad de Dottie surgió como una gran posibilidad.

Me pareció viable que ella se hubiese empeñado en conocer a Revisson Doe para conseguir la publicación de la novela de Leslie. Era posible que estuviese inmolándose en el altar de la novela de su marido. Era una mujer guapa y era posible que Revisson Doe, aunque tuviese sesenta y hasta setenta años, se acostase con ella. Era improbable, pero completamente posible. Concluí el razonamiento inductivo con la idea de que no dejaba de ser posible y, en realidad, era bastante probable. Me quedé con que todavía no tenía la certeza de si Dottie se había llevado *Warrender Chase* y, si hubiese sido así, por qué motivo. Puse mi despertador a las ocho de la mañana y me acosté.

8

Con el primer correo de la mañana recibí una carta, un sobre con el membrete de Park & Revisson Doe. Lo abrí con ojos soñolientos.

> *Estimada Fleur (si me permite llamarla así):*
> *Ha surgido un pequeño problema respecto de su novela* Warrender Chase.
> *Creo que deberíamos hablar sobre él personalmente antes de dar nuevos pasos, ya que los pormenores son demasiado complicados para que se los explique por carta.*
> *Por favor, llámeme por teléfono tan pronto como le sea posible, para que concertemos una entrevista y resolvamos este asunto delicado.*
> *Suyo,*
> *Revisson*

La carta me dejó atónita. Era típica del estado de ansiedad que tiende a provocar desastres aún mayores. Miré la hora, las ocho y cuarenta y cinco. Park & Revisson Doe no empezaba a trabajar hasta las diez. Decidí llamar a las diez y media. Leí la carta una y otra vez, con aprensión creciente. ¿Qué pasaba con mi *Warrender Chase*? Analicé la carta frase por frase. Cada una me parecía peor que la anterior. Al cabo de media hora, decidí que tenía que hablar con alguien. No tenía intención de volver al circo de Hallam Street. Incluso antes de recibir la carta había decidido pasar brevemente por ahí más tarde, recoger algunas cosas, despedirme de Edwina y buscar otro trabajo.

Fijé la cita con Revisson Doe para las tres y media de la tarde. Traté de arrancarle algo por teléfono, si había «algún inconveniente» con *Warrender Chase*, pero se negó a entrar en el menor detalle. Sonaba nervioso, un poco hostil. Me llamó «señorita Talbot», olvidando el «Fleur» anterior. Por entonces aún no sabía, como sé ahora, que la tradicional paranoia de los autores no es nada en comparación con la alienación esquizofrénica de los editores.

Cuando hablamos por teléfono, Revisson Doe sonaba evidentemente nervioso por algún motivo; en ese momento pensé que tal vez por las pérdidas que podría ocasionarle la publicación de mi libro, o bien por el deseo de reconsiderar las cláusulas del contrato o el de que modificase algo vital en mi novela. Durante todas estas elucubraciones no dejé de pensar por un instante en qué ocurriría si yo me negaba a hacer cambios. Después me pregunté si Theo y Audrey habrían expresado sus opiniones adversas al enviar las pruebas. Les había escrito unas líneas para agradecerles la revisión y no había creído a Dottie cuando me transmitió con tanta saña lo que habían dicho esos amigos que, en general, eran tan buenos conmigo. Aquella mañana, sin haber dormido después del terrible día anterior, debo decir que ya no sabía qué camino tomar. Llamé a casa de los Clairmont. Respondió la criada y le pedí hablar con cualquiera de los dos. Volvió para decirme que ambos estaban ocupados en sus estudios.

Regresé a la cama y a la tarde me sentí más dispuesta para mi entrevista con Revisson Doe. Estaba tan descansada que hasta tenía cierta expectativa ante el encuentro, y estaba ansiosa por volver a escrutar a Doe, esta vez con la posibilidad de que pudiese ser amante de Dottie, o de cualquiera. De camino me paré en la biblioteca pública de Kensington para averiguar su edad en el *Quién es Quién*. Nacido en 1884. Casado dos veces, un hijo, dos hijas. Subí al autobús calculando que tenía sesenta y seis años. En esa época me parecía una edad mucho más avanzada de lo que me parece hoy. Cuando vi a Revisson Doe en su oficina, tuve la certeza de que era su cabeza la que había visto tras la ventana de Dottie. Ocupé la silla que me señaló, preguntándome si Dottie le habría dicho a ese viejo cabrón que probablemente era yo quien cantaba *Auld Lang Syne* bajo la ventana a las dos de la madrugada. Al mismo tiempo pensé: «Lo que sea que ve Dottie en él, no es atractivo sexual».

—Bueno —dijo—, quiero que sepa que valoramos muchísimo su obra.

Me di cuenta de que hablaba en plural y me pareció desagradable. Cuando consideró la publicación de *Warrender Chase* vacilaba mucho entre el «yo» y el «nosotros». Cuando expresaba su interés y entusiasmo por el libro como la obra original de una joven escritora había empleado el «yo», tanto en sus cartas como en la conversación. En cambio, cuando insinuaba los riesgos pecuniarios había empleado el «nosotros». Ahora estábamos otra vez en el «nosotros».

—Entendemos que trabaja en una nueva novela.

Le dije que así era y que se llamaba *Día de difuntos*.

No le parecía que sonara como un título vendible.

—Claro que podemos cambiar el título —dijo.

Señalé que el título era ese.

—Muy bien, nosotros tenemos la opción sobre los derechos de esa novela. Podemos discutir el título más adelante. Hemos estado debatiendo si quizá no sería preferible dejar de lado *Warrender Chase* por ahora. Al ser una primera obra es puramente experimental, ¿no? En cambio, deseábamos sugerirle que nos permitiera ver los primeros capítulos de la segunda novela, *Día de los Inocentes*...

—*Día de difuntos* —lo corregí.

—*Día de difuntos*, sí, sí.

Parecía que se divertía y aproveché su breve risa para preguntarle qué sucedía con *Warrender Chase*.

—No podemos publicarla —me dijo.

—¿Por qué no?

—Por suerte para nosotros, descubrimos a tiempo que padece del defecto de casi todas las primeras novelas... Por desgracia, refleja demasiado la vida real. Mire, esos personajes suyos fueron sacados casi intactos de la Asociación Autobiográfica para la que usted trabaja. Hemos estudiado todo el asunto con gran detenimiento y tenemos varios testimonios sobre las similitudes. Y ahora su jefe, sir Quentin Oliver, amenaza con demandarnos. Nos exigió una copia y, como es lógico, se la dimos. Usted los hace aparecer a todos como gente siniestra, como criaturas débiles e hipnotizadas, y transforma a sir Quentin en un manipulador malvado que detesta a las mujeres. Empuja a una mujer al suicidio y a otra a...

—Comencé mi novela antes de conocer a sir Quentin. Ese hombre debe haberse vuelto loco.

—Amenaza con demandarnos si la publicamos. Sir Quentin Oliver es un hombre importante. No podemos arriesgarnos a un juicio legal. La sola idea... —Doe se cubrió los ojos con la mano un momento y luego siguió—: Es inconcebible. Pero valoramos su potencial como escritora, señorita Talbot, Fleur, si me permite llamarla así, y si sobre la base de nuestra experiencia pudiésemos ayudarla con su segunda novela, se podría modificar el contrato...

—No necesito su orientación.

—Usted sería la primera autora que conozco que no haya necesitado un poco de colaboración editorial. No debe olvidar —dijo, hablando como si no me creyese capaz de expresar mi indignación— que el autor es la materia prima del editor.

Le dije que tendría que consultarlo con mis amigos y me levanté para marcharme.

—Lamentamos mucho todo esto, muchísimo —dijo él.

Nunca volví a verlo.

De vuelta a casa me di cuenta de que Doe tenía en su poder mi única copia de *Warrender Chase*. No quería pedir que me la devolvieran antes de haber hablado con Solly Mendelsohn, por miedo a poner en peligro mi contrato. En parte, esperaba que Solly me sugiriese algún medio por el cual pudiese inducirlos a cambiar de parecer, pero también sabía que no podía tener más trato con Park & Revisson Doe. El golpe y la desilusión habían sido demasiado inesperados como para haber tenido el pensamiento en ese momento de quitarles el ejemplar físico de mi libro. Nada más llegar a casa los llamé por teléfono. Me atendió la secretaria. El señor Doe estaba ocupado. ¿Ella podía ayudarme? Dije que le agradecería el envío de una copia, ya que había traspapelado mi manuscrito y deseaba revisar algo en mi *Warrender Chase*.

—Un minuto, por favor —dijo cortésmente y se alejó de la línea durante varios minutos, supuse que a recibir instrucciones. Al volver me dijo—: Lo siento, ya se ha distribuido.

Como ignoraba la jerga de las editoriales, le pregunté:

—¿Distribuido? ¿A quién?

—Distribuido, desintegrado. No vamos a publicar el libro, señorita Talbot.

—¿Y qué ha pasado con las pruebas?

—Ah, han sido destruidas, como es lógico.

—Gracias.

La noche siguiente llamé a Solly a su oficina y me citó en un pub de Fleet Street para hablar un rato.

—No son ellos los que te demandan por calumnias —murmuró Solly—, sino que tú los demandas a ellos por afirmar que tu libro es difamatorio. Eso, si lo ponen por escrito. Pero te costaría una fortuna. Será mejor que consigas tu copia y les digas que se metan el contrato por el culo. No les des tu próxima novela. No te preocupes. Encontraremos otra editorial. Pero consigue la copia. Te pertenece por derecho. Por derecho legal. Eres una tonta por no haber conservado una copia.

—Tenía el manuscrito original. ¿Cómo iba a adivinar que Dottie, o quienquiera que haya sido, iba a robármelo?

—No tengo ninguna duda de que ha sido Dottie —afirmó Solly—. Se comportaba como una idiota en relación con tu novela. Pero es una buena señal que la gente diga idioteces sobre una obra, una muy buena señal.

Yo no entendía cómo eso podía ser una buena señal. Volví a casa casi a las diez de la noche. Intenté planear cómo recuperar al día siguiente mi copia escrita a máquina de la editorial y también mi manuscrito de las manos de Dottie. La posibilidad de que se hubieran destruido todas las copias de mi *Warrender Chase* era algo que esa noche no podía afrontar con serenidad; me asaltó la pesadilla de que tal vez en ninguna parte, en ningún lugar del mundo existiese ya mi *Warrender Chase*.

Entonces sonó el teléfono. Era la enfermera de lady Edwina.

—Llevo toda la tarde intentando hablar con usted —me dijo—. Lady Edwina quiere verla. Hemos pasado un día terrible. Esta mañana muy temprano han llamado a la señora Tims y a sir Quentin porque su pobre amiga lady Bernice Gilbert ha muerto. Luego han vuelto y han preguntado por usted. Y luego han salido otra vez. Lady Edwina ha empezado a reírse como una loca. Con una risa histérica. En este momento está a punto de dormirse. Le he dado un somnífero. Pero quiere verla tan pronto como...

—¿De qué ha muerto lady Bernice?

—Creo —dijo la enfermera con voz temblorosa— que se ha suicidado.

9

En ese instante tomé la determinación de no considerarme una víctima, con independencia de cuáles fuesen las maquinaciones de sir Quentin. Decididamente, no estaba hecha para ese papel. La noticia del suicidio de Bernice Gilbert me horrorizó, pero también me volvió más fuerte.

Fui a Hallam Street a la mañana siguiente, ahora segura de que sir Quentin no solamente estaba ejerciendo su influencia para eliminar mi *Warrender Chase*, sino que además utilizaba mi mito, se apoderaba de él.

Sin una mitología, una novela no es nada. El novelista auténtico, que entiende su obra como un poema continuo, es un hacedor de mitos, y el milagro del arte reside en la infinidad de maneras de contar una historia, y los métodos son por naturaleza mitológicos.

Estaba segura, y resultó que tenía razón al sentirlo, de que Dottie le había conseguido a sir Quentin las pruebas de *Warrender Chase* para que las leyese. Yo había sido demasiado transparente con la novela. En primer lugar, nunca debí haberle revelado a Dottie su existencia. Desde entonces, jamás he vuelto a mostrar mi trabajo a mis amigos ni a leer nada en voz alta antes de la publicación. Sin embargo, en aquella época acostumbrábamos a leernos mutuamente nuestros escritos, o enviarlos a que fuesen leídos para luego discutirlos entre nosotros. Así era la vida literaria entonces.

En el apartamento de Hallam Street, la señora Tims estaba secándose el extremo de los ojos con un pañuelo blanco.

—¿Dónde estabas ayer? Justo cuando te necesitábamos —dijo ella—. Sir Quentin está muy afligido.

—¿Dónde está?

Mi tono la sobresaltó.

—Ha tenido que salir. Por la investigación policial. La pobre...

Yo ya estaba en el estudio y cerré la puerta con un golpecito firme y seco. Me dirigí directamente al cajón donde había visto las pruebas. Estaba vacío, salvo por un juego de llaves. Los otros cajones estaban cerrados con llave.

Entonces fui al cuarto de Edwina. La encontré sentada en la cama con la bandeja del desayuno. La enfermera estaba lavando algo en el cuarto de baño contiguo al dormitorio y asomó la cabeza por la puerta.

Edwina estaba bastante lúcida, para ser ella.

—Suicidio —dijo—. Tal como la mujer de tu novela.

—Lo sé.

Me senté en el borde de su cama y llamé a Park & Revisson Doe para pedirles que me enviasen la copia escrita a máquina de *Warrender Chase*.

—Un minuto, por favor.

La chica se alejó durante varios minutos, durante los cuales le conté a Edwina que no publicarían mi libro.

—Sí que lo publicarán —dijo Edwina—. Yo me ocuparé. Mi amigo...

La secretaria había vuelto junto al teléfono.

—Temo que esa copia ha sido destruida. El señor Doe la puso sobre su escritorio para que se la llevase pero usted la dejó. Así que creyó que no la quería.

—No la vi sobre el escritorio. Estoy segura de que no estaba allí.

—El señor Doe dice que la tenía para usted. Dice que la tiró a la basura. No tenemos espacio para guardar manuscritos, señorita Talbot. El señor Doe dice que no asumimos ninguna responsabilidad con los manuscritos. Así lo especifica el contrato.

—Dígale al señor Doe que hablaré con mi abogado.

—Eso es, diles que hablarás con tu abogado —dijo Edwina cuando corté la comunicación.

—No tengo abogado. Y sería inútil.

—Pero les has dado qué pensar —señaló Edwina.

Acababa de untar con mantequilla un trozo de tostada y me la dio. Empecé a comerla pensando en cómo haría para volver a escribir *Warrender Chase*. No, sabía que no podría volver a escribirlo. Algo espontáneo había desaparecido para siempre, si era verdad que se habían destruido todas las copias, incluidas las pruebas conseguidas por sir Quentin. No le dije a Edwina que sir Quentin era la causa de que hubiese perdido el editor. En general, la anciana soportaba muy bien el hecho de haber parido un canalla. No habría sido justo de mi parte recalcarlo. Y haciendo ahora memoria de esto, ha venido a mi mente el recuerdo de la forma valerosa en que Edwina afrontó las cosas algo más tarde, cuando, sentada en la silla de ruedas con sus perlas y su vestido de raso negro, inmóvil pero llena de vida, presenció el funeral de sir Quentin.

Aquella mañana me hizo bien sentarme en la cama de Edwina, comer las tostadas que ella untaba con mantequilla y cubría con mermelada, rodeada de antiguas banderas estrelladas, las manos largas llenas de anillos agitándose entre la delicada vajilla de porcelana.

En un determinado momento entró Beryl Tims para «ver si estaba todo bien». La enfermera, un alma bondadosa llamada señorita Fisher, salió del cuarto de baño para tranquilizarla. Edwina miró a Beryl Tims con odio. Yo seguía masticando.

—Creo que nos vendría bien más té y otra taza —dijo la señorita Fisher.

—Fleur puede venir a la cocina y tomar su café de la mañana conmigo.

—La enfermera ha dicho «té» —aclaró Edwina—. Queremos que lo traiga aquí.

—Fleur tiene que hacer su trabajo. No queremos impedir que cumpla con su trabajo, ¿no? —dijo la Rosa Inglesa—. Y usted sabe que ayer la señorita Fisher no tuvo su tarde libre. Esperamos que Fleur pueda hacerse cargo esta tarde, ¿no? Yo debo estar presente con sir Quentin en la investigación judicial. De modo que usted y Fleur pueden tomar el té juntas, ¿no?

En ningún momento me dirigió la palabra directamente, pero yo tramaba un plan que le daba a esa ocasión de pasar varias horas en el apartamento sin nadie más que Edwina una perspectiva sumamente prometedora. Cuando la señorita Fisher dijo: «No, jamás se me ocurriría dejar a lady Edwina en momentos como este», de inmediato declaré que estaría encantada de preparar el té de la tarde y de cuidar a lady Edwina.

—La señorita Fisher necesita un descanso —dijo Beryl Tims.

—Estoy totalmente de acuerdo con la señora Tims —dije, y es probable que haya sido la única vez que haya dicho semejante cosa en toda mi vida.

Nos pusimos de acuerdo. La señorita Fisher se retiró detrás de la señora Tims con una palangana llena de ropa para lavar. Y yo cogí el teléfono y llamé a Solly Mendelsohn.

No me gustaba llamarlo durante el día, porque dormía la mayor parte de la mañana después de su larga noche en el periódico. Además, siempre suponía que debía tener algún tipo de vida privada, alguna mujer que yo no conocía y que llenaba sus horas libres. Era el tipo de información que nadie quería comprobar, había algo en Solly que ningún amigo verdadero hubiese osado investigar. Por lo menos sabía que no tendría el teléfono desconectado, porque podían llamarlo desde la sala de redacción del diario; dada la emergencia de mi situación, corrí el riesgo y llamé. Solly me respondió medio dormido. Pero al oír mi voz insistente y las varias demandas breves que le hice, accedió a todo sin exigir mayores explicaciones.

Solly llegó a Hallam Street a las cuatro de la tarde, grande, voluminoso, sin afeitar, envuelto en varias bufandas. Parecía un ratero con su gran maleta marrón. Edwina estaba sentada en el sillón de la sala.

Sir Quentin no había vuelto. Debía encontrarse con Beryl Tims en la audiencia por el suicidio de Bernice Gilbert, causado por un estado de desequilibrio mental. En cuanto Beryl se fue hice una detenida inspección del escritorio de sir Quentin. Las pruebas de *Warrender Chase* no estaban en ninguna parte. En cambio, comprobé que las llaves que estaban dentro del cajón de su escritorio eran las que abrían el mueble donde, como él decía siempre, había «secretos».

Uno tras otro los cajones revelaron archivos, apuntes de sir Quentin sobre los miembros de la Asociación Autobiográfica. Ahí estaban la señora Wilks, la baronesa Clotilde du Loiret, la señorita Maisie Young, el padre Egbert Delaney, sir Eric Findlay y la difunta Bernice Gilbert, alias «Bucks», viuda del extinto encargado de negocios en El Salvador, sir Alfred Gilbert... Estos eran los archivos que me interesaban. Había un fichero rotulado BERYL, SEÑORA TIMS, pero no me entretuve en mirarlo. Había decidido apoderarme de todo ese material para utilizarlo como chantaje a cambio de mi *Warrender Chase*, que sin lugar a dudas Dottie había robado de mi cuarto por orden de sir Quentin.

Además, mientras aguardaba a Solly tuve tiempo de hojear algunas de las memorias: tenía curiosidad por ver qué se había agregado bajo la dirección de sir Quentin después de que me las hubiera quitado de las manos. Y, al revisar las memorias una tras otra, tuve bastante tiempo para ver que si bien no se había agregado nada en forma de recuerdos, había algunas hojas de apuntes, unas escritas a máquina y otras escritas por sir Quentin, donde aparecían intercalados pasajes que me eran familiares: los habían copiado de forma casi textual de *Warrender Chase*.

Volví a cerrar el armario con sus secretos. En ese momento Solly tocó el timbre. Edwina, con sus lujosas vestiduras, gritó de alegría al verlo. Lo hice sentarse junto a ella, ya que estaba algo desconcertado, y les expliqué a ambos:

—Pienso llevarme las memorias de la Asociación Autobiográfica para trabajar en ellas en casa. Estas biografías realmente necesitan un toque literario.

Parecía que Solly comenzaba a entender. De forma misteriosa, Edwina también parecía percibir algo que yo no había captado, pues dijo:

—¡Qué magnífica idea! Eso evitará estas tragedias. ¡Pobre Bucks Gilbert!

Entonces le dije a Solly que lady Bernice se había suicidado y que en aquel momento se desarrollaba la investigación judicial. Luego cogí la maleta que había traído y lo dejé con Edwina.

Guardé todos los papeles en la maleta de Solly. ¡Qué tarea tan estimulante! Pensé en lo fácil que era robar y también en sir Quentin robando mi libro, no solo las copias físicas, sino las palabras, las frases, las ideas. Solo con el breve vistazo que le había dado a los papeles, había podido ver que hasta me había robado una carta inventada, escrita por mi Warrender Chase a mi personaje Marjorie. La maleta pesaba. La arrastré hasta el vestíbulo y la dejé junto a la puerta.

Cuando volví a la sala, Solly había encendido el bonito calentador de plata que a Edwina le gustaba usar para preparar el té de la tarde. Era un poco temprano para tomar el té, pero Edwina siempre tenía «ganas de té», como ella decía. Había panes con mantequilla y galletas, y Solly ya había empezado a servirse de todo. Edwina preguntó:

—¿Dónde están los papeles? ¿Los has metido en la maleta?

Le dije que sí. Sin duda sir Quentin no advertiría su falta de inmediato, pero seguramente comprendería que yo podía trabajar con ellos mucho mejor en mi casa.

—Llévatelos, querida —chilló Edwina. Después añadió—: Nunca te juntarás otra vez con tu novela si no haces algo.

—¿No has logrado encontrar una copia? —me preguntó Solly.

—No. El libro completo ha desaparecido.

—Lo sabía —dijo Edwina—. De algún modo lo sabía. Creen que no sé lo que pasa en esta casa porque duermo la mayor parte del tiempo. Pero no duermo.

Entonces pasó a enumerar los editores que conocía personalmente y a quienes podría obligar a publicar mi libro con el simple gesto de un dedo. Algunos de ellos, eso sí, habían muerto hacía cincuenta años. Dejamos pasar esta cuestión y mientras tomábamos el té nos sentimos muy optimistas.

Sir Quentin y la señora Tims estuvieron de vuelta más temprano de lo esperado, antes de que se fuera Solly.

—¿De quién es esa maleta del vestíbulo? —preguntó sir Quentin al entrar en la sala.

—Es mía —dijo Solly, levantándose.

—El barón von Mendelsohn —dije— solamente pasaba por aquí. ¿Puedo presentarlos...? Sir Quentin Oliver, el barón von...

—Por favor, por favor, mi estimado barón, siéntese, por favor... —dijo sir Quentin con el habitual orgasmo que le provocaban los títulos, mientras le rogaba a Solly, gordo y sin afeitar, que se sentara, que no se retirara, que no se fuera.

Pero Solly, macizo y sin conmoverse ante su nuevo título, se despidió con gran cortesía y partió rengueando, trastabillando un poco junto a la puerta al comprobar el peso inusitado de la maleta.

—Suicidio bajo el efecto de perturbación intensa —dijo sir Quentin cuando volvió a la sala—. Fuerte dosis de somníferos sumada a medio litro de whisky. Debo intentar que aparezca algo más decoroso en el certificado de defunción.

—Diles que se limpien el culo con el certificado de defunción —chilló Edwina.

—¡Mamá!

Poco después me retiré y cogí un carísimo taxi hasta casa para alcanzar a Solly.

No se puede suponer que el sello individual y el sentimiento de una novela sean transmitibles por medio de un resumen intelectual. Las referencias a mi libro fueron parciales: no podría reproducir *Warrender Chase* en unas pocas palabras y de todas maneras el intento de ahorrarle o no a alguien el esfuerzo de leerlo simplemente no viene al caso.

En cambio, puedo cumplir mi propósito esencial, el de contar cómo sir Quentin intentó destruir *Warrender Chase* como novela, al mismo tiempo que se apoderaba del espíritu de mi historia para utilizarlo en su provecho. Puedo demostrar exactamente cómo plagió mi texto. Por este motivo escribo sobre la causa de un efecto.

Recuerdo haber sido obligada de niña a escribir en un cuaderno: «La necesidad agudiza el ingenio». El modelo aparecía trazado en hermosa caligrafía en el primer renglón y, para mejorar nuestra letra manuscrita, debíamos copiar la máxima en los renglones siguientes, cosa que hice, sin advertir que no solo mejoraba la letra sino que simultáneamente aprendía una lección subliminal de ética social. Otra máxima era: «No es oro todo lo que reluce», y otra, «La honradez es la mejor consejera». También recuerdo: «Lo cortés no quita lo valiente». Debo declarar que dichos preceptos, que en ese momento yo era demasiado frívola para apreciar pero alrededor de los cuales emulaba con gran cuidado mis pes y mis bes en letra cursiva, resultaron ser, para mi asombro, absolutamente ciertos. Puede ser que carezcan de la grandeza de los Diez Mandamientos, pero son mucho más específicos.

Entonces, por el hecho de que la necesidad agudiza el ingenio, no fue una sorpresa que lo primero que se me ocurrió hacer después de que Solly me dejara con la pesada maleta llena de papeles tomados de Hallam Street fuese llamar por teléfono a algunos amigos para decirles que estaba buscando trabajo.

Sembradas esas semillas, arrastré la maleta de biografías hasta el fondo de mi armario para la ropa y por el momento la dejé ahí. Empecé a trazar planes para recobrar el manuscrito robado de *Warrender Chase*. Tuve la tentación de llamar a Dottie y reprocharle el robo. Lo cortés no quita lo valiente. Con mucho esfuerzo logré dominarme. Presentía que Dottie no era la misma Dottie de quien yo había sido, en esencia, amiga, más allá de alguna furiosa pelea. Casi con seguridad, algo la había cambiado; y ese algo era la influencia de sir Quentin. Yo había destruido su biografía y además esperaba que ella hubiera seguido mis consejos y se hubiera negado a participar en la redacción de memorias dirigidas por sir Quentin.

Comencé a pensar en las afrentas que Dottie, sir Quentin y Revisson Doe habían cometido contra mí y mi novela. Traté de imaginar las justificaciones que cada uno podría alegar: que yo estaba loca, que el libro era una locura, que era mediocre, que era difamatorio, que había que eliminarlo. En este punto recordé una frase del cardenal Newman en sus diarios: «... Las mil murmuraciones contra mí...». Tan pronto como pensé en aquel pasaje decidí poner fin a mis pensamientos. Se terminó. Basta.

Mientras tanto, como sucede a menudo cuando medito, en mi mente se había formado un plan de acción. No creía que

Dottie estuviese bajo la influencia de sir Quentin hasta el punto de haber destruido mi libro, pero no estaba dispuesta a correr el riesgo de que pudiese tener la oportunidad de hacerlo. Decidí rescatar mi *Warrender Chase* mediante la astucia. Para lograrlo, tendría que obtener la llave del apartamento de Dottie y luego hacerla salir durante varias horas sin temer su regreso. Después tendría que asegurarme de que Leslie no llegase intempestivamente mientras yo revisaba el apartamento. Estaba exaltada. Era como escribir páginas de una novela. Deliberadamente guardé estos planes en otro sector de mi cerebro para transformarlos en los últimos capítulos de *Día de difuntos*, como llegado el momento hice, a mi manera. Con frecuencia me preguntan de dónde saco las ideas para mis novelas. Solo puedo decir que mi vida es así, que se vuelve una experiencia más de ficción, reconocible únicamente por mí. Y parte de mi indignación porque me acusaran de difamar a la Asociación Autobiográfica provenía de ahí: que aun si hubiese inventado los personajes después y no antes de haber comenzado a trabajar para sir Quentin, aun si hubiese sido impulsada a retratar a esa pobre gente en la ficción, no habrían sido reconocibles, ni siquiera para ellos mismos, y aun en ese caso nunca se habría planteado la calumnia. Dentro de lo que soy, soy una artista, no una periodista.

Volviendo a mi plan. Necesitaba un cómplice y quizá dos. Necesitaba el tipo de cómplices completamente fieles a la idea de que lo que yo hacía era legítimo, o bien no del todo conscientes de la esencia del plan.

Al principio me pregunté si podría persuadir a Leslie de algún modo para que me diese la llave del apartamento. Creo que podría haberlo conseguido. Estoy segura de que mi atractivo sexual habría bastado para garantizarme el éxito con él. Habría llevado tiempo y exigido un esfuerzo por mi parte. Fue ese esfuerzo lo que, en definitiva, me hizo desechar la idea. No se trataba de que, en la situación planeada, no lo pudiese imaginar como un buen candidato con quien acostarme, pues en realidad tenía gran encanto masculino. Pensé que podría pedirle que me trajera un libro que me hacía falta, como ocurría en el pasado. Podría decirle que me ayudara con un pasaje de Newman, como lo había hecho tantas veces cuando necesitaba un libro de consulta para alguno de esos artículos extensos, entusiastas y mal pagados, aunque muchas veces apreciados, que escribía para publicaciones católicas y revistas literarias, lo que me había convertido en una autoridad secundaria sobre Newman, y por eso siempre tenía un nuevo libro de Newman para reseñar. El hecho de que no podía pedirle prestada la llave —no podía contarle mi historia y confiar en su adhesión— me hizo desechar la idea por completo. Sin lugar a dudas tendría que haberme acostado con él otra vez, volver a la vieja intimidad antes de poder confiarle, aunque fuese a medias, la situación en la que estaba. No, no era posible. Aun cuando lo natural era permitirle quedarse toda la noche si pasaba una velada con él, no era posible. Dejé que el apuesto y joven rostro se alejase de mis pensamientos. Era mucho más hermoso que el de Wally McConnachie. Wally tenía un rostro huesudo, tendía a ser grueso y, sin ser bajo, no tenía nada de la esbeltez de Leslie. A pesar de eso, poco a poco el rostro de Wally se fijó en el ojo de mi mente, a medida que el de Leslie se alejaba. Wally empezaba a gustarme mucho.

Entonces otra idea se apoderó de mí. Es extraño cómo conocemos mejor a nuestros amigos cuando los vemos con la imaginación en diferentes situaciones. En el momento en que pensé en Wally, en qué sucedería si le contaba todo acerca de *Warrender Chase*, y que Dottie, a quien él no conocía, había dicho que era un libro de locos, que Theo y Audrey Clairmont, a quienes sí conocía, se habían comportado en forma tan rara, que mi editor había cancelado el contrato conmigo basándose en una sospecha de difamación no probada... Si le contaba a Wally toda esta historia, y la del plagio de mi novela hecha por sir Quentin, y el probable robo de mi novela por parte de Dottie y mi propio robo de las biografías... Parecía inviable contarle todo esto a Wally. Un episodio, quizá, pero no todos. Descarté a Wally por saber instintivamente cómo reaccionaría. Me imaginaba diciéndole: «Además, Wally, te diré que el suicidio de Bernice Gilbert se parece tanto al de un personaje de mi novela que...», y Wally respondiéndome: «Mira, Fleur, todo esto es un poco descabellado, ¿sabes? La pobre Bucks Gilbert siempre fue un poquito...». Todo el tiempo, en el fondo de su mente, rondaría una advertencia para sí mismo, relacionada con su propia vida, su trabajo, su lugar en la sociedad: «No te mezcles en esto, Wally», se diría. «Estos autores, estos bohemios...» Y a mí me diría: «Fleur, yo que tú lo dejaría tal como está, de verdad. Pienso que tus manuscritos aparecerán».

O imaginemos que yo le dijese (como creía posible decirle, tal vez): «Wally, ¿querrías llevar al teatro a mi amiga Dottie? Yo arreglaré todo. Quiero ir a revisar su apartamento en busca de mi novela». Wally seguramente respondería: «Querida Fleur, en tu lugar yo no correría ese riesgo», con lo cual en realidad querría decir: «Yo no quiero correr el riesgo de mezclarme en esto... El escándalo...».

Nunca podré saber cómo habría funcionado ese plan en realidad. Pero nunca le pedí ayuda a Wally. Wally era un amor y quería conservarlo en nombre de lo mucho que disfrutábamos y disfrutaríamos el uno del otro. No mezclarlo en todo esto implicaba mantenerlo en ese compartimento de la vida donde Dios había elegido ubicarlo, apartado de mi presente lleno de preocupaciones misteriosas y un poco alucinatorias.

En ese punto de mis reflexiones, Wally me llamó por teléfono. Acababa de «escaparse». ¿Yo tenía algo que hacer? «Escaparse» era una de las expresiones más usadas por Wally y podría haberlo dicho respecto de su despacho o de una fiesta. Nunca se lo preguntaba, pero toda la vida observé que la gente del servicio diplomático suele hacer su aparición con estas palabras: «He podido escaparme». Y uno no se atreve a preguntar de dónde, pues podría tratarse de un secreto de Estado. De cualquier manera, le dije que no, que aún no había comido y apenas había probado mi té. Quedamos en que era una idea brillante encontrarnos media hora más tarde. Él vendría a buscarme y cenaríamos en un restaurante del SoHo. ¿No era horrible, dijo antes de despedirse, lo que le había pasado a Bucks Gilbert?

Respondí que era espantoso.

Antes de irme cerré la puerta de mi armario para la ropa y me llevé la llave.

Durante la cena Wally habló de Bucks.

—¿La habías visto desde la fiesta?

—La vi un momento el día que murió. Vino a Hallam Street. Parecía bastante alterada.

—¿Por qué?

—No sé. No tengo la menor idea.

—Me siento un poco culpable —dijo Wally—. Imagino que a todos nos pasa lo mismo cuando se suicida un amigo. Sientes que deberías haber hecho algo más por ellos. Podría haberlo hecho, si lo hubiese sabido.

—Pero no sabías nada.

—Podría haberme enterado. Me llamó por teléfono y dejó un mensaje. Fue unos pocos días después de la fiesta. Un empleado cogió el mensaje y yo debía llamarla por teléfono. Me dijo que parecía totalmente desesperada. Creo que eso me disuadió de llamar. En realidad, no quise aceptar la responsabilidad. Bucks era una de esas mujeres que se te aferran, ¿sabes? Por lo menos, antes era así. Y yo no tenía ganas de verla.

—Probablemente alguien la desanimaba adrede.

—Es lo que he estado preguntándome —dijo Wally—. ¿Por qué dices eso?

—Intuición. Recuerda que soy novelista.

—Bien, puede ser que tengas razón, porque llamó por teléfono a otros amigos en esos mismos días después de la fiesta. A tres personas que yo sepa. Están consternados, claro. Ninguno le devolvió la llamada, o si alguno lo hizo, se inventó una excusa.

—¿Era gente que estuvo en la fiesta? —le pregunté.

Wally reflexionó un instante.

—Sí, estuvieron. ¿Por qué me lo preguntas?

—Quizá Bucks quería poneros a prueba, comprobar si de verdad contaba con sus amigos. Quizá por eso organizó la fiesta. Alguien podría haberle dado la idea, para socavar su confianza, para convencerla de que no tenía verdaderos amigos.

—Dios, Fleur, te juro que tienes una imaginación febril. Dios, espero que te equivoques. Yo fui a la fiesta porque... Ya sabes por qué... Uno suele darse una vuelta por reuniones como esa, si logra escaparse. Dios, no puedo creer que quisiera ponerme a prueba.

Sentí lástima por Wally. Me arrepentí de haberle hablado con tanta franqueza. Estaba pensando en la chica griega que se suicida en *Warrender Chase*. No obstante, dije que era obvio que Bernice había sufrido alguna angustia secreta.

—Nadie puede ayudar a la gente como ella —le dije—. El veredicto fue «suicidio en medio de una intensa perturbación», Wally. Es como la mayoría de los suicidios. Nadie puede hacer nada.

—Me pregunto cómo pudo organizar una recepción tan suntuosa, porque realmente fue espectacular, ¿no? Y te diré que su situación económica no era demasiado buena. La mitad de las cosas debían de ser del mercado negro. Debía haber unas trescientas personas. Y todavía llegaba más gente cuando nosotros nos fuimos. —En ese punto Wally decidió serenarse y me dirigió una sonrisa—. No seamos morbosos —dijo—. No pensemos más. Después de todo, fue en la fiesta de Bucks donde volvimos a encontrarnos, ¿no?

—Es verdad.

—De modo que no puedo lamentar haber ido.

Le dije a Wally que pensaba dejar mi trabajo y buscar otro.

—Eso justifica otra copa. ¿Quieres tomarla en mi casa?

Le dije que no quería quedarme hasta muy tarde esa noche. Quería decir que no quería «quedarme toda la noche».

—Bien, en tal caso vayamos al Gargoyle. ¿No te gusta el Gargoyle?

Dudé. En seguida accedí, pero primero tendría que ir a casa a buscar algo. Wally estuvo de acuerdo; puso tan pocas objeciones a esto que seguramente infirió, pensé yo, que estaba relacionado con mi menstruación. En el fondo lo que quería era verificar si mi maleta llena de biografías estaba aún en el armario. A Dottie le habría sido muy fácil persuadir a alguien para que la dejase entrar en mi cuarto. Con un regalo de estampitas de san Francisco se había congraciado con el conserje. Y por otra parte, estaba segura de que sir Quentin no tardaría en descubrir el robo de las biografías.

Wally esperó en el taxi mientras yo subía corriendo a la habitación.

Estaba como siempre. No habían tocado nada. Las biografías estaban donde yo las había dejado. Me sentí ridícula al ser tan desconfiada. Volví a cerrar el armario con llave y cuando ya salía de la habitación apareció el conserje. Sí, Dottie había venido a verme, como pensaba.

—¿Esperó en mi cuarto?

—No, señorita. Usted misma me dijo, la última vez que vino la señora a esperarla, que no debía permitir a nadie volver a entrar en su habitación.

—Gracias, gracias, Harry. Olvidé que se lo había dicho. Actuó usted muy bien. Muchas gracias —dije, y le di dos chelines para mitigar la ofensa, lo cual lo dejó atónito.

Cuando iba corriendo hacia el taxi, otra vez me di cuenta de que estaba perdiendo los nervios. Y recordé que después de la pérdida de *Warrender Chase* les había dicho no solo a Harry, sino también a la mujer que hacía la limpieza y al patrón, que durante mis ausencias no se permitiese el acceso de nadie a mi cuarto. Decidí controlar un poco los nervios y recobrar la serenidad.

En el Gargoyle, pedí una *crème de menthe* y Wally, un whisky. Había tres grupos de personas, de los que no conocíamos a ninguna, y además, un joven de aspecto transparente sentado en un rincón con un vaso delante. Volví a mirarlo: era Gray Mauser.

—El chico del rincón se llama Gray Mauser —le dije a Wally. No necesitaba señalarle la asociación del nombre con «ratón gris».

El comentario animó muchísimo a Wally.

—Escribe bajo el seudónimo de Leandro. Es poeta.

Yo todavía estaba hablando cuando Gray nos miró. Lo saludé con la mano.

—¿Quieres que lo invite a acercarse? —me preguntó Wally.

—Sí, llámalo.

Gray se puso de inmediato a dirigir miraditas provocativas a Wally, agitando sus muñecas menudas y retorciéndose un poco. Wally se lo tomó con buen humor.

—Mi amigo se ha ido a Irlanda tres semanas —dijo Gray.

Se había colocado de tal manera que daba tres cuartos de frente a Wally y la misma proporción de espalda a mí. Sin decir nada, Wally cambió de posición para volver a quedar frente a los dos.

—Mi amigo me regaló esta corbata. ¿Te gusta? —le preguntó Gray a Wally.

—Muy correcta —repuso Wally y siguió hablando con cordialidad, disponiendo la conversación de tal modo que Gray se vio obligado a dedicarme un poco de atención.

Gray no advertía en absoluto esas maniobras, pues no hacía las cosas a propósito, sino porque encontraba a Wally fascinante.

Por mi parte, en cuanto conseguí captar la atención de Gray le dije sin rodeos:

—Gray, me pregunto si Leslie se habrá llevado a Irlanda la llave del apartamento de Dottie.

—No, mi amor —dijo Gray—. En este momento está sobre nuestra cómoda, exactamente donde él la dejó. ¿Por qué?

Entonces les expliqué a los dos que necesitaba esa llave pero en secreto, porque quería ir a casa de Dottie y dejarle una sorpresa. Le expliqué a Wally que el amigo de Gray era un viejo amigo mío cuya mujer, Dottie, también era amiga mía. Para cuando terminamos de beber y Wally y yo intercambiamos señales de «vámonos», Gray me había prometido prestarme la llave y no decir nada, a nadie. Quedé en ir a buscarla al día siguiente por la tarde.

Esa noche me quedé dormida mientras pensaba a quién podía pedir que llevara a Dottie al teatro. Pensé en Solly. Tenía dos noches libres por semana. Mi querido Solly, siempre tan bueno... No era cuestión de abusar de esa bondad. Probablemente quería reservarse esas noches para él. Además, era poeta, un verdadero poeta. De pronto recordé algo que de todos modos me hizo eliminar la posibilidad de Solly. Dottie le tenía antipatía. Sería difícil persuadirla de que fuese al teatro con él. Recordé que en las dos ocasiones en que vio a Solly, más tarde me preguntó qué veía yo en él. Y eso era extraño para mí, porque todas las personas que conocía, incluido Leslie, querían a Solly. Dottie me dijo que le parecía simpático pero muy grosero. Aunque él nunca le había dado el menor motivo para opinar así. Siempre reservaba sus palabrotas para los amigos más íntimos y fieles, así que nunca dijo nada que Dottie pudiese desaprobar. Un día le comenté que Solly era el espíritu menos grosero que conocía.

—No me refiero a la grosería espiritual —dijo Dottie.

—¿Qué otra clase de grosería puede haber? —quise saber.

Era algo que podía debatirse bastante. Pero Dottie no había hecho mayores aclaraciones, porque sin duda suponía que en un debate yo resultaría ganadora, aunque solo fuese en términos verbales.

Me dormí meditando sobre el hecho de que Solly no era grosero, mucho menos en el sentido en que lo era Dottie, la Rosa Inglesa.

A la mañana siguiente desperté segura de lo que tenía que hacer. Dos veces había decidido no volver a Hallam Street y ahora, por segunda vez, tenía que ir.

Quería ver a Edwina. Era poco probable que me comunicase con ella por teléfono. Cuando la llamaba en mis horas libres, Beryl Tims o sir Quentin siempre ponían algún pretexto, por lo general que dormía o que no estaba bien. Los fines de semana, cuando ella quería hablar conmigo, resultaba más fácil. Tenía un teléfono junto a la cama o la enfermera me pasaba el mensaje.

Tenía que verla. Además, tenía una buena excusa para ir a Hallam Street, la de entregar personalmente mi renuncia y cobrar mi salario, recoger mi libreta sanitaria con los sellos que empapelaban las paredes plegables como en una casa de muñecas y también otras pruebas burocráticas de mi existencia, como mi libreta de impuestos. Había pensado solicitarlas por correo. Pero esa mañana desperté con la certeza de que debía ver a Edwina.

Era una mañana lluviosa de sábado, algo fría.

—Sir Quentin se ha ido a su propiedad en Northumberland —me anunció Beryl Tims cuando llegué, a las diez. Sir

Quentin siempre se refería a las casas de campo como «propiedades»—. Se ha ido en automóvil a las ocho y media —dijo Beryl, dándose aires.

—¿Dónde ha conseguido gasolina? —pregunté bruscamente.

La gasolina seguía racionada. El racionamiento no terminaría hasta casi fin de mes, el 26, exactamente. Recuerdo la fecha porque le había prometido a Wally pasar con él un fin de semana, el del 27 y 28, en su cabaña de Marlow, adonde viajaríamos en su automóvil, para celebrar el fin del racionamiento de gasolina. Pero las leyes todavía vigentes eran muy severas. Mucha gente conocida había ido a la cárcel por transgredirlas. Así que mi pregunta, «¿dónde ha conseguido gasolina?», era bastante desagradable, porque contenía el espíritu de amenaza del ciudadano, tan frecuente en aquella época entre la gente malhumorada o cargada de resentimiento. Beryl Tims pareció agitarse.

—Estoy segura —dijo—, segurísima, de que sir Quentin tiene ración suplementaria. Le correspondería, ¿no?, para su pobre madre...

—Ah, ¿se ha llevado a lady Edwina?

—No, ella está desayunando.

—En tal caso, él no tiene por qué usar sus cupones de gasolina, ¿no? Habrá que investigar esto —seguí con un tono que a mí misma me amedrentó—. ¿Es un viaje realmente necesario? Lo veremos. —Y me alejé de Beryl en dirección a la puerta del estudio. La puerta estaba cerrada con llave.

—Sir Quentin —dijo la Rosa Inglesa, que vestía un juego de jersey y chaleco de color rosa fuerte recibido como regalo de Pascua— dejó instrucciones expresas de que usted no entrara al estudio. Además, creo que le ha preparado una carta de despido. Acaba de nombrar a una señora para que la reemplace desde el lunes.

—Bien, en tal caso veré a lady Edwina —dije, y me alejé hacia el pasillo que conducía a su cuarto.

Beryl me siguió.

—Sir Quentin me dijo que si usted llamaba o venía, yo debía pedirle que devolviera de inmediato los papeles que se llevó a su casa. Nunca debieron salir de aquí.

Llegué hasta la puerta de la habitación de Edwina. Beryl me agarró de un brazo.

—Puede ver a lady Edwina. Si lo desea, también puede llevarla a pasear mañana para que la enfermera pueda salir —dijo—. Las precipitaciones de lady Edwina han aumentado su frecuencia y solo gracias a que el doctor dio órdenes de evitarle toda tensión o excitación se le concede a usted el privilegio de verla, con la condición de que ella no se entere de las discrepancias entre usted y sir Quentin...

En ese momento la enfermera abrió la puerta.

—¡Buenos días, Fleur! —me dijo.

Edwina lanzó un chillido de alegría desde la cama.

—Ven, ven a tomar té con tostadas. Tims, otra tetera con té, por favor, y una taza más.

—Son las diez y cuarto —dijo Beryl.

—¡Váyase! —le gritó Edwina.

—Yo iré a buscarlo —ofreció la señorita Fisher.

Cuando me senté en la cama, Edwina me untó una tostada con mantequilla y haciendo muecas extravagantes me dijo en voz baja:

—Tiene una secretaria nueva.

—¿Dottie?

—Claro, claro. ¡Ja, ja! Y consiguió que Tims quemara unas pruebas de tu libro. Tims arrojó el papel quemado al inodoro. Qué suciedad, todo ese papel negro.

Acerqué la cabeza a la de lady Edwina y susurré unas palabras con lentitud y claridad.

—Escuche, Edwina —le dije—. Quiero que preste mucha atención a lo que le digo. Necesito librarme de Dottie durante algunas horas mañana por la tarde. Diré que de ninguna manera puedo llevarla a pasear, y si la señorita Fisher ofrece renunciar a su tarde libre usted debe rechazar el ofrecimiento. Debe insistir en que la atienda Dottie. Haga un escándalo hasta que ella acepte venir. Y por favor, téngala junto a usted por lo menos tres horas.

Los ojos de lady Edwina brillaron, la boca formó una gran «O», la cabeza se balanceó al ritmo de lo que yo le decía. Captaba todo.

—Mientras Dottie esté con usted, póngase enferma. Haga que ella llame al médico. Si el médico no está, que llame a otro. Mójese la ropa interior veinte veces. Consiga que Dottie se quede junto a usted a toda costa y que no se mueva de su lado.

La anciana asintió con la cabeza.

—Tres horas —repetí.

—Tres horas —dijo ella.

Al día siguiente, provista de una bolsa de compras, toqué el timbre del apartamento de Dottie a las dos de la tarde, por si había alguien. No obtuve respuesta. Entré con la llave que tenía y cerré la puerta por dentro.

«La acusada conocía bien el apartamento», pensé al ir directamente al baño, con suspicacia y temor, en busca de restos de papel quemado dentro del inodoro. No encontré nada. Fui al dormitorio, me quité el abrigo y lo dejé sobre la cama con la bolsa de las compras. Allí llevaba un regalito envuelto en papel de seda rosa, una caja para pañuelos bordada a mano que nunca había usado y que armonizaba más con la Rosa Inglesa que conmigo. Tenía la intención de utilizarla como coartada si me sorprendían dentro del apartamento.

Fui al escritorio de Dottie, en su dormitorio. Había una hoja en la máquina de escribir. Sin duda estaba pasando a limpio una copia a máquina muy corregida que estaba en una carpeta abierta sobre el escritorio. Me habría gustado detenerme a leerla, ya que tenía que ser la novela de Leslie. Para verificarlo, le eché una ojeada rápida a la carátula de la carpeta y de inmediato me ocupé de mi objetivo primordial. *Warrender Chase* no estaba en el escritorio. Tampoco estaba en los cajones, donde vi, sin embargo, una carta fechada tres semanas atrás, con el membrete de Park & Revisson Doe. Comenzaba con: «Querida Dottie (si me permite llamarla así)...». No seguí leyendo, pero un impulso supersticioso me llevó a quitar la bolsa y el abrigo de la cama por miedo a que se contaminasen. Los dejé en el suelo y seguí mi búsqueda en el dormitorio. Dentro de los armarios, sobre ellos, bajo las almohadas y bajo el colchón. Debajo de la cama había una maleta, que arrastré fuera. Contenía la ropa de verano de Dottie. *Warrender Chase* no estaba en ninguna parte. Faltaban la sala, un dormitorio que también había servido como estudio de Leslie, la cocina y el armario para ropa blanca que estaba en el baño. No tardé mucho en eliminar ese armario. Pensé que las probabilidades estaban a favor del estudio de Leslie, así que lo dejé para el final. Comencé a revisar la sala con rapidez: levanté los almohadones del sofá y los sillones y los volví a colocar, busqué detrás de las cortinas y bajo las pilas de revistas. Había pasado cerca de una hora y por la familiaridad de los objetos que tocaba y bajo los cuales buscaba poco a poco me asaltó la duda de si Dottie —la exasperante pero familiar Dottie— de verdad habría robado el manuscrito.

Terminé con la sala. Todo estaba en su lugar. Pasé por el pequeño vestíbulo para entrar en el cuarto de trabajo de Leslie, cuya puerta abierta permitía ver los montones desordenados de papeles y las estanterías para libros que ya conocía. Creo que llegué a mirar dentro del cuarto. Al pasar por el vestíbulo había visto, debajo de los abrigos colgados en dos perchas junto a la puerta, la bolsa de Dottie con su punto y la bufanda roja, en parte visible. Volví a la bolsa. Se me ocurrió mirar dentro. Sin duda Dottie había llevado la bolsa del punto el día que me esperó en mi cuarto y... Pero mis dedos ya habían tropezado con el paquete del tamaño de una guía telefónica de Londres, metido en el fondo de la horrible bolsa negra. En un instante saqué el paquete y en otro lo abrí. *Warrender Chase*, mi novela, mi *Warrender*, *Warrender Chase*. Mis folios con los primeros capítulos rotos una vez y vueltos a pegar. Mi *Warrender Chase*, mío. Lo apreté contra mi pecho. Lo besé. Fui al dormitorio de Dottie y lo metí dentro de mi bolsa de las compras. De su escritorio saqué un paquete de papel sin abrir, lo coloqué en el fondo de la bolsa de Dottie y con mucho cuidado volví a poner el tejido sobre ella. Me puse el abrigo, me colgué la bolsa del brazo, y miré detenidamente alrededor para ver si estaba todo en orden. Alisé la colcha de la repugnante cama, salí del apartamento y emprendí feliz el regreso.

Nunca he conocido a un artista que en algún momento de su vida no haya entrado en conflicto con la esencia misma del mal, materializado bajo la forma de enfermedad, injusticia, temor, opresión o cualquier otro elemento morboso capaz de hacer sufrir a los seres vivos. Lo contrario no ocurre: es decir, no es solo el artista quien sufre o percibe el mal. Sin embargo, creo que es cierto que no ha habido un artista que no haya experimentado y luego reconocido algo demasiado increíblemente malvado para parecer real y luego tan indudablemente real, que resulta indudablemente verdadero. Me moría de ganas de ver la caja de Pandora de las biografías de sir Quentin, pero lo primero que debía hacer era copias mecanografiadas de mi *Warrender Chase*. Era imperativo, estaba decidida a no permitir nunca más que el manuscrito se alejase demasiado de mi alcance, necesitaba copias extra para enviarlas a las editoriales. Ese domingo por la tarde, en cuanto llegué a casa me puse a ello. Recuerdo que me paré un momento para llamar por teléfono a Solly.

—He rescatado mi manuscrito. Todas las pruebas y las copias escritas a máquina han sido destruidas —le dije.

En seguida le describí mi incursión en el apartamento de Dottie. No ahorré en detalles. Solly se mostró muy solemne, aparte de soltar una serie de improperios contra Revisson Doe, Dottie y sir Quentin. Luego me dijo que me encontraría otro editor aunque muriese en el intento. Solly siempre había creído en el valor de mi novela. En cuanto a mí, lo que sentía por ella era simplemente que era mía, solo mía, mía, y sin embargo sentía que la otra, *Día de difuntos*, era de lejos superior a *Warrender Chase*.

—Avísame cuando la tengas lista para un editor —me dijo.

Seguí copiando a máquina el libro. Tenía pocas correcciones que hacerle y el trabajo se reducía a cumplir una tarea monótona. Me detuve otra vez para llamar por teléfono a Hallam Street y saber cómo estaba Edwina.

—Hoy ha pasado un mal día —dijo la señora Tims—. No puedo hablar más, adiós —y cortó la comunicación.

Bebí un whisky con soda, comí un huevo pasado por agua y volví a mi tarea de escribir a máquina. A medianoche seguía trabajando. De vez en cuando tenía que lavarme las manos porque las dos hojas de papel carbón que usaba —había decidido tener tres copias en total—, me las ennegrecían todo el rato. A eso de la medianoche Dottie se puso a cantar *Auld Lang Syne* bajo mi ventana. Me pareció que su voz era inusitadamente chillona.

Tuve la tentación de arrojarle una jarra de agua, pero tenía más deseos de verla. Quería saber cómo había pasado su tarde con Edwina. Quería saber acerca de su relación con Revisson Doe y también lo que diría sobre su nuevo empleo con sir Quentin. También estaba impaciente por saber si había descubierto ya mi rescate de *Warrender Chase*.

Le abrí la puerta, y la invité a entrar.

—Vine anoche —me dijo—, pero habías salido. —Había algo de reproche en su tono, lo que me hizo gracia—. ¿Tienes motivos para reír? —me preguntó mientras se quitaba el abrigo y se sentaba en mi sillón de mimbre.

El manuscrito de *Warrender Chase* estaba bien visible sobre un costado de mi mesa y las páginas escritas a máquina estaban apiladas, boca abajo, al otro lado de la máquina. No tenía intención de ocultar nada y por un instante Dottie no se dio cuenta de ninguna de las dos cosas.

—He pasado momentos horribles con esa vieja espantosa —comentó.

—Tendrás que acostumbrarte —dije—. En cierto modo, Edwina viene incluida en el trabajo.

Vi que estaba alterada y muy preocupada. Temblaba. Sentí lástima.

—No he venido a hablar de mi trabajo —dijo—. Vine anoche. Vine a decirte que sir Quentin quiere que le devuelvas esas biografías. Tengo que trabajar con ellas. Dámelas, por favor.

—¿Has venido a buscarlas a estas horas de la noche? ¿No ves que estoy ocupada?

—Dame algo de beber —me pidió—. He venido a buscar un poco de papel de escribir a máquina. Estoy copiando la novela de Leslie y se me ha acabado el mío. Podría jurar que tenía un paquete nuevo, pero no lo encuentro. Seguramente lo dejé donde lo compré. Quería seguir con la novela de Leslie porque vuelve de Irlanda mañana por la noche. Iba a quedarse allí tres semanas, pero ya sabes cómo es. Mañana no voy a tener tiempo de comprar papel porque empiezo a trabajar muy temprano. Probablemente Park & Revisson Doe publiquen el libro de Leslie.

—¿Estás segura de que puedes beber? —le pregunté—. ¿Estás enferma?

No respondió. Tenía los ojos fijos en mi *Warrender Chase*.

—¿Qué es eso? —quiso saber.

—Estoy preparando copias de mi novela. Las viejas se destrozaron.

—¿Qué novela?

—La misma de siempre, *Warrender Chase*.

—¿De dónde la has sacado?

—¿Estás loca, Dottie? ¿Qué quiere decir «de dónde la has sacado»?

—¿Cuántas copias hiciste?

—Por favor, no seas aburrida. Háblame de tus relaciones con Revisson Doe.

Al poner el vaso en el suelo derramó parte del whisky.

—Tú no entiendes —dijo— que a veces una mujer tiene que sacrificarse por un hombre. Eres dura. Eres mala. ¿Por qué no hablas con un sacerdote?

Bueno, ver a un sacerdote está muy bien cuando algo te remuerde la conciencia, pero hay pocas situaciones en la vida de un escritor en las que podría ser útil explicarle todas las sutilezas a un sacerdote. Un sacerdote es la persona a quien está bien ir a ver cuando tememos por nuestra alma inmortal, pero no cuando nos amenaza la de otro. Le dije a Dottie:

—Más bien vería a uno por ti, o por sir Quentin, de la misma forma que iría a consultar a un médico a propósito de tus pulmones o tus riñones. ¿Por qué no vas a ver a un sacerdote tú misma?

—Veré a uno cuando todo haya terminado. Leslie necesita un editor.

Ahora su temblor era intenso.

—Más bien deberías ir a ver a un médico —le dije.

El resto del whisky se derramó sobre mis páginas escritas a máquina. Las sequé lo mejor que pude con un trapo.

—Sir Quentin te sugirió que entablases relación con ese viejo, ¿no?

—Sir Quentin es un genio y un guía nato —respondió—. Dame esas biografías y me iré.

—Te irás —le dije—, pero las biografías se quedan conmigo hasta que haya tenido tiempo de estudiarlas. Mucho de *Warrender Chase* fue trasladado a esas biografías. Cuando haya extraído todo lo que es mío, te devolveré el resto.

—Eres un monstruo.

No sé qué me llevó a preguntarle:

—¿Estás tomando pastillas?

—¿Qué pastillas?

—Drogas.

—Solo para perder peso.

—¿Recetadas por un médico?

—No, me las ha dado un amigo.

Junté media resma de papel y se la entregué a Dottie. Luego le dije que era tonta.

—Estás furiosa porque te he reemplazado en el trabajo —dijo.

Respondí que tenía bastante razón, y que todo lo que había hecho ella tenía sentido, porque una vez yo le había quitado a su marido. De todas formas, era tonta porque seguía en la Asociación Autobiográfica.

—¿Quién me llevó allí?

—Yo, y lo lamento. Pero rompí tu biografía en cuanto advertí que algo no andaba bien.

—Me encanta acostarme con Revisson Doe —declaró Dottie.

—Vete. Tengo que trabajar. Es tarde.

—¿Tienes una taza de cacao?

Le preparé una taza y le entregué la caja para pañuelos bordada que no le había dejado en el apartamento.

—¿Por qué no renuncias a la idea de ser escritora? —me preguntó entonces la Rosa Inglesa—. Siempre fuimos buenas amigas y Leslie también era tu amigo. Pero esa novela loca que has escrito... Sir Quentin dice que...

—Fuera —susurré, para no despertar al resto de la casa.

Esta vez se fue.

II

No transcurrieron muchas horas antes de que Dottie descubriese que la copia manuscrita de *Warrender Chase* que había visto esa noche en mi cuarto era en realidad la que me había robado: encontró el paquete de papel en el fondo de la bolsa con el tejido. La tarde siguiente me llamó por teléfono.

—¿Cómo entraste en mi apartamento? —me preguntó.

Ya le había devuelto la llave a Gray Mauser, de modo que no respondí. Ni siquiera le pregunté, a mi vez, cómo había llegado mi novela a su apartamento. Me limité a cortar la comunicación.

Una hora más tarde volvió a llamarme.

—Oye, Fleur, sir Quentin tiene mucho interés en hablar contigo.

—¿Desde dónde me llamas?

—Estoy en casa. Creo que no podré hacer ese trabajo.

—Has discutido con sir Quentin...

—No exactamente, pero...

—Está furioso porque no destruiste mi manuscrito.

—La verdad es que merece ser destruido.

Esa tarde terminé de hacer las copias a máquina. Escribí durante todo el día. Me dolía la espalda y me tumbé en la cama a leer las copias en busca de erratas. Veía sus defectos como novela, pero eran del tipo que no se podían eliminar sin alterar la esencia del libro. Es un caso frecuente en novelas y cuentos. Vemos una falla o un leve defecto, tal vez en el trazado de un personaje, pero el tratamiento cosmético no es eficaz. Un cambio en el desarrollo de una escena y el equilibrio de toda la obra queda afectado adversamente. Por eso dejé *Warrender Chase* tal como estaba.

Antes de dirigirse a su trabajo nocturno en el diario, Solly vino a beber una copa conmigo y luego se llevó dos de las copias a máquina de mi libro, una de las cuales enviaría a un editor, y guardaría la otra en la caja fuerte de su oficina.

—Podrías demandarlos a todos, hacer que los detuvieran.

—¿Cómo beneficiaría eso a mi libro?

—Es verdad. Lo único que lograrías es mala publicidad. Tu novela tiene que consagrarse por sus propios méritos, especialmente por tratarse de una primera novela.

—¿Qué debería hacer con las biografías?

—Elimina los pasajes que te robó de la novela y devuélvele el resto.

Le dije a Solly que esa era mi intención. Tenía interés en ver qué uso había hecho sir Quentin de mi trabajo.

—Yo creo que está llevando a la práctica mi *Warrender Chase*. Está tratando de vivir la historia que yo escribí. Aún no he tenido tiempo de estudiar bien las carpetas, pero es lo que sospecho.

—No puedes controlar sus acciones —dijo Solly—. No dejes que esta gente te ponga nerviosa. Devuélvele lo que le pertenece y deja que lo guarde durante setenta años. ¿A quién le importa? Conseguirás otro trabajo, escribirás otro libro y los olvidarás a todos.

Cuando más tarde esa misma noche saqué la maleta llena de material de la Asociación Autobiográfica y la abrí, me puse histérica. Su solo contacto me daba la sensación de una radiactividad maligna. Busqué entre las carpetas hasta identificar la de Bernice Gilbert, «Bucks».

En ese momento sonó el teléfono. ¿Qué instinto me indicó de inmediato que no respondiese? Eran solo las ocho y veinticinco. Siguió sonando, insistentemente. Seguramente el conserje sabía que yo estaba en casa. Quizá suponía que había ido al baño y no tardaría en volver. Esa señal monótona y penetrante de la centralita del subsuelo seguía sonando. Por fin, cuando respondí, oí al conserje decir:

—Aquí está la señorita.

Un ruido seco y:

—Oh, Fleur —dijo la señora Tims—, me alegro de haberla encontrado. Ha ocurrido algo. Tiene que ver con lady Edwina. Quiere verla.

—¿Está enferma?

—Yo no diría que está bien. Es un tema delicado. ¿Puede venir ahora mismo? Sir Quentin le pagará el taxi, por supuesto.

—Llame a lady Edwina.

—No, no puedo.

—¿Por qué no?

—No está en condiciones de hablar.

Entonces pedí hablar con la señorita Fisher.

—La enfermera ha ido a ver a su hermana.

—¿Han llamado al médico?

—Bueno —dijo Beryl Tims—, la verdad es que estábamos hablando de...

—Nada de hablar. Llamen a un médico —dije.

—Pero quiere verla a usted, Fleur.

—Páseme con sir Quentin.

—Fleur, dudo que tenga algo que decirle. Sir Quentin está muy ofendido.

—Me debe el sueldo y unas cuantas explicaciones —señalé.

Hubo una pausa mientras la Rosa Inglesa tapaba el auricular con la mano para hablar con sir Quentin, y al fin él cogió el teléfono.

—Me haría un gran favor si viniese a ver a mamá —dijo—. Es muy urgente. Sean cuales sean nuestras diferencias, señorita Talbot, no quiero que se interpongan entre usted y mamá.

—Quiero hablar con ella.

—Lo siento... No es posible.

Finalmente fui, después de haber vuelto a guardar las biografías en el fondo de mi armario y haberlo cerrado con llave. Cualquiera que haya leído *Warrender Chase* sabrá lo que sucedió con esas biografías durante mi ausencia. En realidad, yo casi había llegado a pensar que estaba por caer en la misma trampa que Marjorie en mi novela cuando la hicieron alejarse de los papeles de Warrender con el pretexto de que la necesitaba la vieja Prudence. Pero el hecho mismo de haberlo pensado sin mucho convencimiento planteaba a la otra mitad de mi mente que mis sospechas probablemente fueran infundadas. No era posible que mi propia novela estuviese introduciéndose en mi vida hasta ese punto. A menudo me equivoco al optar por la racionalidad y desconfiar de mi suspicacia.

Llegué a Hallam Street en menos de media hora.

—Señorita Talbot —me dijo sir Quentin—, ¿quiere pasar un momento a mi estudio? Afortunadamente, muy afortunadamente, mamá se ha quedado dormida. Sería una gran lástima molestarla después de todo este... todo este...

—Bien, entonces no importa —dije—. No tengo que quedarme.

Pero sir Quentin me había agarrado de un brazo y me empujaba hacia el estudio.

—Señorita Talbot, quítese el abrigo, por favor. Hay una o dos cositas que tenemos que discutir.

—Si se refiere a las carpetas de la Asociación —dije—, hablaremos de ellas cuando yo las haya estudiado mejor. Por lo que he podido juzgar hasta ahora, usted ha plagiado mi novela *Warrender Chase*. Y le aseguro que pienso demandarlo.

—Su novela, su novela... Yo no sé nada. No me sorprende que no haya podido dedicar toda su atención al trabajo con nosotros, si al mismo tiempo ha estado garabateando frases. Delirio de grandeza.

Del otro lado de la casa llegó el ruido de un golpe seguido por un grito agudo.

—¡Fleur! ¿Eres tú, Fleur? ¡Déjeme, idiota! Quiero ver a Fleur. Sé que ha venido. Sé que Fleur está en casa.

Sir Quentin siguió hablando.

—Soy yo quien piensa demandarla —dijo.

Me quedé inmóvil, como si aceptase ignorar el ruido que hacía Edwina.

—Surge el problema de por qué Bernice Gilbert se suicidó —dije.

—Soy yo quien piensa...

Ya me había levantado de un salto y salido al pasillo donde Edwina trataba de librarse de las manos de Beryl Tims.

—Fleur, qué alegría verte, qué sorpresa —cacareó Edwina—. Ven a mi cuarto.

Aparté a Beryl Tims de un empujón y seguí a Edwina. Desde el extremo del pasillo me llegó el débil grito de sir Quentin:

—¡Mami!

Esa noche, antes de abandonar Hallam Street, cobré mi sueldo y recuperé mi carnet de trabajo. También recibí un sobre de Edwina que con gran astucia sacó de debajo de su almohada y que, sin dejar de chillar, metió en el bolsillo de mi abrigo. Beryl Tims, que había entrado en el baño de Edwina a buscar un poco de agua para que la anciana se tomase su somnífero, no advirtió la maniobra.

Le prometí que muy pronto pasaría a visitarla. Siempre había una razón por la que no podía romper definitivamente mis lazos con Hallam Street. Entonces recordé a mis personajes de *Warrender Chase*, cuando uno de ellos, el erudito Proudie, encuentra reiteradamente cartas de Marjorie a Warrender en las que le pone excusas para no ir a visitarlo al campo, y sin embargo fue a visitarlo allí hasta la fecha del accidente automovilístico. Cuando Proudie le pregunta a Marjorie por qué siempre volvía a la casa, Marjorie dice: «Quería cortar. Pero la chica griega estaba allí, indefensa. Y Prudence... Tenía que ver a Prudence».

Me entretuve pensando en ese pasaje durante el regreso a casa en taxi. Y recordé la primera escena de mi novela, la del grupo que espera la llegada de Warrender que va a reunirse con ellos. Se retrasa. No viene. Ha muerto en un accidente automovilístico.

El curso de mis ideas era más o menos el siguiente: Warrender Chase muere en un accidente automovilístico cuando todos están reunidos esperándolo. El destino de sir Quentin, si quería dar vida a Warrender Chase, sería el mismo. Era una idea alarmante, pero a la vez ajena a mí, como si contemplase un drama que era incapaz de detener. Y ahí en el taxi volví a pensar en lo maravilloso que era ser mujer y artista en el siglo xx. Era casi como si sir Quentin fuese irreal y yo simplemente lo hubiera inventado, siendo en cambio Warrender Chase un hombre real en el que yo en parte había basado a sir Quentin. Es verdad que estaba muy alterada, pero recuerdo todas estas sensaciones con gran claridad.

El hecho de que sir Quentin era real resultó obvio cuando volví a mi cuarto. Todo parecía estar como antes. Saqué de mi cartera la llave del armario y lo abrí. La gran maleta de Solly estaba en su lugar. La abrí y me quedé contemplando el interior vacío, hipnotizada por la pérdida y por la enormidad de mi insensatez al no haber obedecido a mi instinto. La maleta me miraba, abierta de par en par, como riéndose. Había sido un trabajo de profesionales. No había rastro de que hubiesen forzado la cerradura, ni un rasguño de aficionado torpe sobre la puerta del armario. Tuve que esperar hasta la mañana para confirmar por boca del conserje que nadie había venido a verme. Ni una sola visita, reafirmó el conserje con indignación, mientras en mi mente brillaba como un relámpago el hecho simple ya conocido por mí: habían contratado a un ladrón profesional para entrar y dirigirse directamente al lugar donde guardaba las biografías. Dottie conocía la distribución de mis cosas y sin duda era ella quien, tal vez sin darse cuenta, había proporcionado los datos necesarios. Esa noche busqué *Warrender Chase* dentro de la maleta bajo la cama, donde lo tenía guardado. En mi estado de ansiedad olvidé que antes de salir había escondido el manuscrito original debajo de la almohada. En la maleta solo encontré la copia extra de las tres escritas a máquina, dos de las cuales tenía Solly. Pero ¿dónde, dónde estaban mis folios manuscritos? Durante una hora los busqué por todo el cuarto y cuando fui a acostarme los noté bajo la almohada.

Eso me hizo recordar el sobre que me había metido Edwina en el bolsillo. Salté de la cama, animada y fortalecida. Soy una de esas personas capaces de recobrarse rápidamente del agotamiento físico en cuanto tienen un estímulo psicológico. El sobre blanco y abultado contenía unas páginas manuscritas, sin duda arrancadas de un diario. Las habían arrancado con violencia, de modo que faltaban algunas de las palabras al inicio de cada renglón, así como las del final del otro lado. Tuve la impresión de que aquella letra era la de sir Quentin y cuando leí las primeras páginas comprobé que pertenecían a su propio diario.

El documento es el siguiente y lo he conservado siempre, en memoria de la maravillosa Edwina:

26 de abril de 1950
    Me he ganado la confianza de
amiga de la señorita Talbot, Dorothy
    ottie», señora Carpenter, con
cuyo marido, Leslie, la señorita Talbot
    vo una relación amorosa.
    «Dottie» ha obtenido para mí las
ruebas impresas de una novela
    llamada «Warrender Chase» como
jemplo de una morbosa creación
    teraria que en su opinión (la
    e «Dottie») debería ser destruida.
    He leído esa obra que muestra
    imaginación exacerbada y febril
la señorita Talbot. ¡Que alguien
    mo ella haya entrado bajo mi techo!
¡El libro es un intento de *roman*
    à clef como no he visto otro igual!
    Pregunta: ¿Es la señorita T.
vidente? ¿Médium?
    ? Mala

Le di la vuelta a la página:

28 de abril de 1950

Dottie me ha informado que do
autores, Theodore Clairmont
su mujer Audrey (no figuran
en *Quién es Quién*) leyeron la
«novela». Desaprueban inten
mente dicha novela. Me infor
que el escrito está ya en
prenta, a publicarse por Park,
Revisson Doe, firma pequeña
pero conocida.

He hecho por lo tanto una *rendez-vous*
con el director de la firma,
señor Revisson Doe en person
(Nota: Nada en Burke's, Haydn,
etc. Breve mención en
Quién es Quién).

Página siguiente:

1 de mayo de 1950

Como resultado de mi visita a
oficinas de Park, Revisson Doe,
sta tarde, cuando he visto al señor Revisson
oe en persona en su despacho, le he recalcado
gravedad del aspecto difamatorio de
novela escrita por la señorita Fleur Talbot. *vis
vis* mi Asociación Autobiográfica.

Ha accedido a cancelar la publicación
(la amenaza de juicio por calumnias
nunca falla con esta gente). He decidido que el
ñor Doe es buen hombre de negocios, pe
sin mayores antecedentes familiares.

Ha mencionado que «Dottie» le había
     mostrado algunos capítulos de la novela
está escribiendo su marido, todo un
     tour de force, en el cual sus pasadas
laciones con una mujer joven y ambiciosa
     eran para quienes «sabemos» evidentemente
relato de su experiencia con la temible
     Fleur Talbot!!

1 de mayo [cont.]
     Ha comentado que «Dottie» es «una mujer muy
guapa». Esto, dicho de hombre a hombre,
cosa que le he dicho comprender,
le he prometido hacer lo posible
por propiciar su relación con
«Dottie», lo cual nos ha hecho reír
ambos con gran inocencia. Le
radecido su colaboración y le
rometido la mía.
     Antes de irme el señor Doe
frecido confirmar «por escrito»
promesa de anular el contrato
e dicha novela, «Warrender Chase».
e he pedido que no tomara ningún
apunte sobre nuestro diálogo *tête à tête*.
Por mi parte, lo que había registrado
eran solo notas para guardarse en un
ajón cerrado durante setenta años.
Con esto sigo fiel a mi principio
e franqueza total.

2 de mayo de 1950
  Gratas sensaciones: Temprano por la
mañana, caminando por el parque,
  un gato pardo entre los arbustos
ormando una especie de diseño con la
  luz débil y las sombras húmedas. ¡Qué
rmoniosa es la naturaleza! Me he quedado
  echizado, absorto dentro de un círcu
    encantado, pasivo, receptivo, inocente.
  He pensado en ese momento que sería dulce
morir. Mi amor, poder morir juntos.
  Si no tuviese mi misión que yo, yo
olo puedo cumplir. Pero ¿quiénes
    son tus amigos? ¿Quiénes son?
  No te desalientes... Yo, etc., etc.

¿Carta anterior a Bucks?

Sí, lo hice. ¡Y la entregué! Pero

Lo que más me enfurecía de estos fragmentos del diario de
Quentin Oliver era este último comentario del 2 de mayo. Había sido copiado textualmente de *Warrender Chase*, cuando hago
que mi personaje Proudie descubra la absurda carta a la chica
griega, para quien no era en absoluto absurda.
  Cuando se disipó mi furia por esta nueva incursión en mi
novela, volví a meter los fragmentos del diario en el sobre y lo
guardé en el fondo del bolso, jurando no separarme más de él.
No importaba qué uso le diera yo a aquellos datos, solo el hecho de saber con certeza lo que había sospechado vagamente me
proporcionaba un enorme alivio. Además, me divertía mucho
pensar en el momento en que sir Quentin descubriera que faltaban hojas de su diario. Estaba segura de que él supondría que

había contratado a un ladrón profesional. Encantada con este pensamiento, me dormí feliz.

A la mañana siguiente tenía una entrevista para un trabajo en la BBC, que no conseguí. Me senté en una larga mesa de conferencias con un grupo de hombres y mujeres que me hacían preguntas. No contaba con la experiencia necesaria y, como dijo el mayor de los hombres, ¿me daba cuenta de que las seis libras por semana que yo pedía sumaban trescientas libras al año? Puntualicé que creía que eran trescientas doce. De todas maneras, no conseguí el puesto. Y la verdad es que no estaba en el mejor de mis días. Más adelante en mi vida, cuando mi suerte cambió y escribía para la BBC, mis nuevos amigos del sector de producciones localizaron el archivo oficial donde figuraba esa entrevista y todos nos reímos con ganas.

Escribí a máquina una copia de las hojas del diario de sir Quentin y a la hora del té las llevé a Hallam Street.

No había duda de que estaba loco. Estaba segura de lo que había querido transmitirme lady Edwina cuando me dio esas hojas arrancadas.

—Lady Edwina está durmiendo —me dijo Beryl Tims—, pero ya no tiene que molestarse en venir a verla. No sacará usted nada de ella. Hemos descubierto una cosa. ¿Sabe cuál? Hemos descubierto que no tiene nada de dinero para dejarle a nadie. Tiene una renta anual que morirá con ella cuando ella muera. Es muy, muy, muy astuta, no hay otra palabra para describirla. Sir Quentin acaba de enterarse. Su fortuna es solo un mito.

Hacía mucho que yo estaba enterada, porque un domingo en que llevé a Edwina a pasear con Solly, ella dijo:

—Yo me casé por dinero.

—Eso me parece sumamente inmoral de tu parte, Edwina —le señaló Solly.

—No veo por qué. Mi marido se casó conmigo por dinero. Éramos tal para cual y nos amábamos. Teníamos varias cosas en común. Una era nuestros gustos caros y otra, la falta de dinero.

Luego siguió charlando sobre que «Quentin llegó como una sorpresa», y «el padre» proveyó fondos para él y también algo para ella. Nos quedamos un poco en ascuas acerca de quién había sido el padre de Quentin y dejamos la historia de Edwina tal como la contó, simpática y sin la carga superflua de más explicaciones.

—Ni un penique —seguía diciendo la Rosa Inglesa— aparte de su pensión anual, que cubre más o menos el coste de su mantenimiento y el de su enfermera.

En ese momento apareció la señorita Fisher, que salía de la cocina.

—Buenas tardes, Fleur. Lady Edwina estará encantada de verla. Se levantará para tomar el té.

Dije que iría a verla después de hablar con sir Quentin.

—¿Quiere ver a sir Quentin? —preguntó la señora Tims—. Le diré que...

Cuando abrí la puerta del estudio lo encontré sentado a su mesa de trabajo, contemplando algo con aire abstraído.

—¿Está aquí su nueva secretaria? —le pregunté.

—¡Ah, señorita Talbot! Yo... No, ha tenido que irse temprano. —Sir Quentin me indicó una silla.

—Lea —le dije, colocando las páginas de su diario copiadas a máquina delante de él. No me senté.

Después de mirar la primera página, me preguntó:

—¿De dónde ha sacado esto?

—De su diario. Tengo las hojas.

—¿Cómo ha conseguido mi diario?

—Tengo ayuda profesional. Los originales están guardados en la caja fuerte de un banco. Por setenta años, o tal vez por menos tiempo.

Sir Quentin se levantó, empezó a dar vueltas por el cuarto y a ordenar objetos. Luego se paró y miró las otras páginas copiadas por mí.

—Mire —dijo riendo—, ese diario es una bromita de mal gusto que me permito. No hay nada serio en él.

—Usted debería visitar a un psiquiatra —le dije—. Eso, en primer lugar. En segundo lugar, debe terminar con la Asociación Autobiográfica. Si no hace ambas cosas antes de que acabe el mes, pienso armar un escándalo.

—Pero... los miembros mismos tendrán que dar su opinión...

Lo dejé para ir a ver a lady Edwina, que estaba sentada en la sala, envuelta en un chal indio, lista para tomar el té. Entonces llegó sir Quentin, con un tomo encuadernado en cuero en la mano, seguido por Beryl Tims.

—Mamá —dijo—, quiero que sepas que la señorita Fleur Talbot no es nuestra amiga. Es miembro del hampa. Le encargó a un ratero profesional que entrase en nuestra casa para sustraerme algunas páginas de mi diario íntimo. Ella misma lo ha admitido. Señorita Fisher, ¿a usted le falta algo? ¿Está intacto el estuche de joyas de lady Edwina?

Edwina se levantó y se orinó en el suelo.

—Señorita Talbot, debo pedirle que abandone esta casa.

—Puedes pedir lo que quieras —dijo lady Edwina—, pero la que paga el alquiler soy yo. Tu casa está en el campo, Quentin.

La señorita Fisher se puso a secar el suelo alrededor de Edwina, que por fin permitió que la llevasen a su cuarto y la arreglasen. Esperé a que volviese y me serví un sándwich. Sir Quentin se quedó mirándome, y Beryl Tims alejó la bandeja.

Sonó el timbre y Beryl Tims fue a abrir la puerta.

—Usted es un demonio —me dijo sir Quentin—. Su entusiasmo por el cardenal Newman era pura hipocresía. ¿Acaso él no formó con su influencia un círculo de dedicados prosélitos espirituales? ¿Yo no tengo derecho a lo mismo?

—Lo que pasa —dije— es que usted está mal de la cabeza. Tenía el deseo de apoderarse de la gente antes de que yo llegase y le recordase la existencia de Newman. Usted leyó mi novela, pero hace poco tiempo. Tiene que ir a ver a un psiquiatra y clausurar la Asociación.

Desde el vestíbulo llegaban voces. Salí a despedirme de lady Edwina y en el camino vi que los nuevos visitantes eran la baronesa Clotilde y el padre Delaney, los dos con aspecto sumamente desencajado, pero no del todo lamentable. Siempre habían sido arrogantes, insolentes en su insensatez.

En el cuarto de Edwina, donde la enfermera buscaba en el armario algún otro vestido maravilloso, le dije a la anciana:

—Le he pedido que vaya a ver a un psiquiatra y que disuelva su *troupe*.

—Me parece perfecto —dijo Edwina—. ¿Cuándo vas a presentarme a tu amigo Wally?

—Trataré de organizar algo muy pronto.

—Wally y Solly —dijo, riendo a gritos—. ¿No le parecen bonitos los dos nombres, enfermera?

—Muy bonitos. De teatro. —Y entonces la enfermera Fisher me dijo—: Me preocupa la Dexedrina.

No identifiqué la palabra con precisión. Pensé que se refería a algún medicamento para Edwina.

—Si quiere que lleve una receta a...

—No, no. Hablo de la Dexedrina que sir Quentin les da a sus amigos. ¿No se la ha dado a usted?

—A mí, no.

—Bueno, se la da a los demás. Puede ser peligrosa si la dosis es muy alta.

—Todos son mayores de edad. No me dan ninguna pena. Creo que pueden cuidarse solos.

—Yo diría que sí, y que no —dijo la buena enfermera.

Edwina estaba impaciente por ponerse su vestido púrpura.

—Todos están ayunando —dijo—. Salvo él y Tims. Y a nosotras nos gusta mucho nuestra comida, ¿no, enfermera?

—La Dexedrina —explicó la enfermera— es un anoréxico. Quita el apetito, pero afecta al cerebro.

—Por cuidarse tanto la silueta —gritó Edwina— perderán la cabeza.

—Se supone que todos tienen amigos —dije—. Supongo que tendrán amigos y parientes que se darán cuenta si se enferman.

—Todavía me queda bien —dijo Edwina, acariciando el vestido.

—No puedo probarlo —dijo la enfermera—, pero yo sé cosas. Esa pobre gente...

—No son niños —señalé.

Pensaba en mi novela. Ya no tenía editor, gracias a Quentin Oliver. Me hartaba este grupo de tontos autoindulgentes. Pensé en Maisie Young, con tantas posibilidades en su vida y pronta a sacrificarlas todas por un líder espiritual loco, y en la baronesa Clotilde du Loiret, tan aturdida por privilegios que ya no sabía reconocer a un maniático y rechazarlo.

Fui a casa a prepararme para salir a comer con Wally. Pero no le dije nada sobre Hallam Street. En cambio, le hablé de la BBC y, a propósito del tema, mejor dicho, a partir de él no recuerdo ya por qué ruta, Wally me contó cómo le dieron de alta en el ejército, cómo él y sus amigos fueron a un centro del ejército donde había unos galpones y eligieron allí sus ropas civiles. Describió con lujo de detalles la variedad y los estilos de los trajes. Él eligió una chaqueta de *tweed* y unos pantalones de franela.

—Totalmente apropiados —comentó Wally con su tono espontáneo y agradable.

Estuvo bien que me hiciera recordar que había otras cosas en la vida además de *Warrender Chase* y la Asociación Autobiográfica. Pero yo tenía parte de mis pensamientos en otro lado. Estaba ansiosa por volver a casa y leer al cardenal Newman; quería ver qué podía haber extraído de él gente como aquella. Me interesaba mucho.

No obstante, Wally me acompañó a beber una última copa en casa. Le encantaba mi cuarto repleto de libros.

—En la calle hay alguien borracho cantando *Auld Lang Syne* —dijo—. Parece una mujer, una mujer feliz, ¿no?

Dejé que la mujer siguiera cantando.

Por la mañana, Dottie llamó a la puerta antes de que me levantase. Tuvo la desfachatez de venir con la bolsa y el tejido, ahora era un jersey verde oscuro.

—Vine anoche. Había luz en tu cuarto.

—Ya lo sé.

—¿Estabas con Leslie?

—Vete al infierno.

—Tengo que contarte algo —me dijo Dottie—. Sir Quentin nos ha ordenado a todos ir a su casa en Northumberland. Dice que en Londres lo persiguen y que piensa transformar su casa en una especie de monasterio.

—¿Como Newman en Littlemore?

—Ni más ni menos. Debes reconocer que hay fundamento en los objetivos de sir Quentin.

Pero yo era incapaz de ver ninguna semejanza entre el austero retiro en Littlemore de Newman y su grupo de católicos anglicanos de Oxford y sir Quentin con su grupo de maniáticos. Es verdad que Newman sufrió persecución religiosa y política por sus opiniones, y que también tuvo una sensación de persecución no siempre coincidente con causas reales. No había nada más en Newman que tuviese que ver con el grupo de Hallam Street.

—Parece que sir Quentin solo ha oído hablar de dos libros. Uno, la *Apología* de Newman y el otro, mi *Warrender Chase*. Está obsesionado.

—Él cree que eres una bruja, un espíritu maligno enviado para introducir ideas en su vida. Su misión es transformar el mal en bien. Creo que hay mucho de cierto en lo que dice —dijo Dottie.

—Bueno, pon agua a calentar —le dije—, porque todavía no he desayunado.

Dottie llenó el hervidor y lo puso sobre el hornillo.

—Todos van a Northumberland. Todos menos yo.

—Tienes que quedarte para hacer feliz a Revisson Doe, claro —observé.

—¿Leslie estuvo aquí anoche?

—Asunto mío —repuse.

—Es mi marido. Es mío —replicó ella.

—¿Por qué no lo alquilas por horas?

—Ojalá pudiese ir a Northumberland. Sir Quentin los ha llamado a todos con la máxima urgencia. Todos irán. Maisie me ha llamado. Ella va a ir. El padre Delaney...

—Es la mejor noticia que oigo en mucho tiempo —le dije—. ¿Y Edwina?

—No, no la llevarán. Se quedará en Londres con su enfermera. Debes saber, ya que hablamos de ella y por si no lo sabes ya, que no tiene nada para dejarte cuando muera.

Le respondí, y no sé por qué lo dije (aunque estaba pensando en mi personaje Prudence, que heredó los bienes de Warrender):

—Puede vivir más que su hijo y heredarlo.

—Tú y tu *Warrender Chase* —dijo Dottie mientras preparaba el té.

—¿Tomas Dexedrina? —le pregunté.

—No, dejé de tomarla. Mi médico me dijo que debía suprimirla. En realidad, por eso no puedo ir a Northumberland. Sir Quentin no ha querido que vaya.

—¿Beryl Tims irá con ellos?

—Por supuesto. Es la Gran Sacerdotisa en estas funciones. Piensan marcharse en seguida. Y yo no sé qué hacer.

—Olvídate de ellos.

—Para ti es fácil decirlo.

—No, no es fácil. Algún día escribiré sobre todo esto.

Pensé en Cellini: «Todos los hombres, sea cual fuere su condición... deberían escribir la historia de su vida de su puño y letra».

—Ya lo has escrito —dijo Dottie, apoyando su taza ruidosamente—. Sabes muy bien que *Warrender Chase* se refiere a todos nosotros. Lo previste.

—No seas ridícula.

Cuando guardó el tejido y se marchó, encontré en la *Apología* de Newman el pasaje que buscaba:

... Reconocí lo que tenía que hacer, si bien me resistía tanto a la tarea como a la revelación que implicaría. Debía, dije, proporcionar la verdadera clave de toda mi vida. Debo mostrar lo que soy para que se vea lo que no soy, para que se extinga ese fantasma que ríe con risa macabra en mi lugar. Deseo ser conocido como hombre vivo, no como espantapájaros vestido con mis ropas...

Puse estas líneas junto a las de Benvenuto Cellini:

... Todos los hombres, sea cual fuere su condición, que hayan realizado algo de mérito, o que tiene la apariencia de mérito, si se trata de hombres sinceros y de buena reputación, deberían escribir la historia de su vida de su puño y letra.

Miré uno y otro pasaje con admiración. Pensé que algún día, cuando los meses entre el otoño de 1949 y el verano de 1950 se hubiesen convertido en el ayer lejano y yo hubiese logrado algo «que tiene la apariencia de mérito», escribiría acerca de eso. Estaba en un estado de dicha intensa ante la noticia de Dottie. Me hacía falta un trabajo y mi novela necesitaba un editor. Pero con la partida de la Asociación Autobiográfica sentía que había escapado de ella. Aunque en realidad aún no me había deshecho de sir Quentin y su pequeña secta, moralmente estaban fuera de mí, estaban en el plano objetivo. Un día escribiría sobre ellos. En realidad, bajo una forma u otra, me haya gustado o no, desde entonces he escrito acerca de ellos, son la arcilla con la que he hecho mis ladrillos.

12

Fue justo a mediados del siglo xx, el último día de junio de 1950, un viernes tibio y soleado, el día que marco como un punto de inflexión en mi vida. Aquel día llevé mis sándwiches al antiguo cementerio abandonado de Kensington para escribir un poema mientras almorzaba, cuando un joven agente de policía se me acercó para saber qué hacía yo ahí. Era un joven agradable, como los de los monumentos a los caídos en la guerra. Le pregunté:

—Supongamos que hubiese estado cometiendo un crimen, sentada aquí en esta tumba, ¿qué crimen sería?

—Bien —repuso—, podría ser el de violentar y profanar, podría ser el de obstaculizar y entorpecer sin preocuparse por las consecuencias, podría ser el de merodear en actitud sospechosa.

Le ofrecí un sándwich, pero él no lo aceptó. Acababa de comer.

—Deben de ser tumbas muy antiguas —dijo el chico. Me deseó buena suerte y siguió su camino.

No recuerdo qué poema estaba escribiendo, pero probablemente fuese un ejercicio sobre una forma fija, como un rondó, una octava o una *villanelle*. Más o menos por esa época estaba practicando alejandrinos para escribir verso narrativo, de modo que podría haber sido cualquiera de esos. Siempre me parecía estimulante la práctica del metro y la forma, y con frecuencia, de manera inesperada a veces, me inspiraban. Estaba esperando a que el señor Alexander, mi casero, se fuera y dejara de molestarme con respecto a mi cuarto atiborrado de cosas.

No podía permitirme alquilar uno más grande, apenas podía pagar el precio de ese pequeño cuarto. Había encontrado un poco de trabajo, la lectura de manuscritos, de pruebas para el editor de Wapping, y además comentaba poemas y cuentos. También estaba bastante adelantada en la preparación de mi segunda novela, *Día de difuntos*, y planeaba la tercera, *La Rosa Inglesa*. *Warrender Chase* aún no había sido publicada, a pesar de los esfuerzos de Solly; de hecho, yo ya había renunciado a toda esperanza de que apareciese. Mi esperanza estaba puesta en *Día de difuntos*. Por otra parte, me quedaban pocos medios y necesitaba que empezaran a venderse mis libros. Comenzaba a pensar seriamente en un trabajo de jornada completa.

Pero ese día a mediados del siglo xx sentía más que nunca lo bueno que era ser mujer y artista en aquel preciso momento. Durante la mayor parte de las últimas seis semanas había estado deprimida, pero ese estado terminó de forma súbita, como ocurre con la mayoría de las depresiones.

El fin de semana con Wally en su casita de Marlow al día siguiente del fin del racionamiento de gasolina, el 27 de mayo, no había llegado a ser un desastre, pero tampoco había sido muy feliz.

Empezó muy bien, porque antes de iniciar la excursión llevé a Wally a desayunar a Hallam Street con Edwina. Sir Quentin había huido ya a Northumberland y Edwina estaba sola con la señorita Fisher y con una sirvienta por horas. La encontramos ataviada con un vestido de color celeste, adornado con plumas de cisne, que volaron en abundancia durante el desayuno. La paleta de colores se repetía en sus párpados. Seguramente hacía horas que había comenzado los preparativos para el desayuno. Llevaba muchos anillos y las uñas pintadas de rojo vivísimo.

—¿Eres el amigo de Fleur? —le preguntó a gritos a Wally.

—Sí.

—Es demasiado para ti.

—Sí, lo sé —dijo Wally, con ese tono cordial que tenía siempre.

Nos sentamos a una mesita con mantel de encaje ubicada junto a la ventana de la salita. Lady Edwina estaba encantada de tener la casa para ella sola. Cautivó a Wally con sus anécdotas sobre el difunto Arthur Balfour. Cuando le pregunté si Beryl Tims pensaba permanecer en Northumberland, preguntó a su vez:

—¿Beryl qué?

No volví a verla hasta la semana siguiente, cuando tuve que llevarla en su silla de ruedas, de negro y con un collar de perlas, al funeral de su hijo Quentin.

Wally se quedó prendado de Edwina, y cuando íbamos hacia Marlow me dijo:

—Me he enamorado de tu Edwina.

Pero al llegar a Marlow se enfadó mucho al comprobar que la mujer que iba a hacer la limpieza ni se había acercado a la casa. Creo que lo que más le fastidió fue que yo viese la evidencia de un fin de semana para dos anterior al nuestro. A mí no me importaba, porque era una situación llena de posibilidades. Siempre me gusta encontrarme con un giro inesperado en los acontecimientos. Pero no pude evitar preguntarme quién había sido la otra mujer, y al ver desparramadas por el suelo las costras verdosas, mordidas por los ratones, de las tostadas del último desayuno, la leche verdosa también pero con un borde negruzco en la jarrita, las dos tazas y los platitos de café junto al fregadero con restos endurecidos, secos, calculé la antigüedad de todas esas pruebas. ¿Cuántos fines de semana habían transcurrido y qué había hecho yo con Wally los fines de semana desde entonces? Mientras él se quedaba ahí de pie lanzando improperios, yo llevé mi maleta al dormitorio como si no hubiera visto nada. La cama estaba deshecha y arrugada por dos ocupantes y, como por obra de un escenógrafo, la chaqueta del pijama de algodón azul de Wally colgaba a los pies de la cama, mientras que los pantalones estaban cuidadosamente doblados y sin usar sobre la cómoda. La botella de whisky casi vacía y los dos vasos, uno de ellos con una mancha de pintalabios, resultaban una exageración desde el punto de vista de la utilería escénica, pero el caso es que ahí estaban. Arreglamos el cuarto y nos fuimos a comer.

Hacia la noche tuve un ataque de recelo nervioso sin causa aparente, relacionado con mi casi olvidada *Warrender Chase*. Me pregunté si había elaborado la escena inicial tan bien como era posible. Había escrito y copiado el libro tantas veces que casi lo sabía de memoria.

—¿Sabes, Fleur? —dijo Wally—. A veces, cuando estoy contigo, me pasa una cosa muy rara... De pronto *no estás*. Es increíble. Muchas veces, aun cuando no te digo nada, siento que de alguna manera estás en otra parte.

Me reí, porque sabía que estaba en lo cierto.

—Pensaba en mi primera novela, *Warrender Chase*. Me obsesiona un poco —dije.

—Pues olvídala por ahora. Yo también suelo tener ideas para novelas, pero no tengo tiempo para escribir.

—¿Crees que podrías escribir una novela?

—Si tuviese tiempo, creo que podría escribir una novela tan buena como cualquiera.

Wally fue a casa de la mujer encargada de la limpieza para ver qué le había pasado. Se le había pasado un poco la vergüenza inicial, pero, por lo menos para mí, el fin de semana parecía haberse estropeado. Seguramente los dos teníamos demasiadas expectativas. Es tan cierto como cualquiera de mis proverbios de cuaderno escolar que el amor es por naturaleza imprevisto. A esas alturas yo me había alejado tanto con el pensamiento que lo único que pude notar en ausencia de Wally fue que de todos modos sentía cierta ternura hacia él.

Habíamos llevado la comida. Puse la mesa y encendí dos velas, pero estaba tan abstraída que hoy no puedo recordar nada, tampoco lo que comimos, salvo la impresión general de la casita. Creo que había un tocadiscos y que pusimos música.

Inexplicablemente, pensaba todo el tiempo en *Warrender Chase*, en la primera escena, cuando Prudence, la madre de Warrender, Roland, su sobrino, y Charlotte, la horrenda ama de llaves, esperan la llegada de Warrender en la sala de su casa de campo.

Roland ha estado jugando con una de las máscaras sudamericanas que colecciona Warrender. Charlotte se la quita: «A su tío no le gusta que nadie le toque sus cositas». Marjorie, la mujer de Roland, acaba de responder el teléfono en el vestíbulo, sale corriendo y se va en el automóvil. Prudence dice todo el tiempo: «¿Adónde ha ido Marjorie?», y luego: «Roland, ve a ver qué le ha pasado a Marjorie. Llévate la bicicleta». Roland está hablando de las máquinas de sumar que vende a comisión. Charlotte dice que no le interesan. Añade que las cosas están llegando a un punto en que no hay nada que sumar, porque a Warrender le escasea el dinero, con tanta gente que mantener. Prudence señala que las máquinas también sirven para restar. Considera que últimamente Warrender pronuncia las palabras de modo distinto. Todos discuten esta nueva manera. «Densa» en lugar de «danza», «ínteresante», «perdiiido». Charlotte intercala la observación de que Proudie habla «un poco así». «La dicción de Proudie no es todo lo buena que cabría esperar de un intelectual», dice Prudence. «Pero supongamos que en los últimos tiempos Warrender haya visto mucho a Proudie. Estoy preocupada por Marjorie y por que haya salido huyendo después de la llamada telefónica. Y Warrender tendría que haber llegado ya. ¿Adónde ha ido?»

Entonces llevo a mi personaje Charlotte a la ventana: «Oigo su coche», dice ella. «No, estoy seguro de que es el de Marjorie. El de Warrender hace otro ruido. Ese es el de Marjorie», dice Roland.

Prudence dice: «Roland, deja de jugar con esa máscara, hazme el favor. Warrender pagó mucho dinero por ella. Sé que es falsa, pero también lo es Warrender...». Marjorie entra en la sala. «¿Qué te pasa, Marjorie?» «Ay, está enferma, dadle agua, o algo» «Marjorie, ¿qué pasa? Esa llamada. ¿Te has hecho daño?» Por fin Marjorie dice: «Warrender ha tenido un accidente. Está muy herido. La policía llamó aquí. Fui al hospital. Al principio no pude identificarlo. Su cara...». Pasándose la mano por la cara, dice: «Creo que la tiene destrozada». Roland sale para llamar por teléfono al hospital. Charlotte: «¿Ha muerto?». Marjorie: «No, está inconsciente, me temo». Charlotte, la Rosa Inglesa, repite asombrada esas palabras: «... inconsciente, me temo». «¿Que quieres decir con "me temo"? ¿Deseas que se muera?»

Roland vuelve: «Ha muerto».

El automóvil de Wally se detuvo y él entró sonriente.

—Han operado a la señora Richards. Qué suerte que he ido... No podrá trabajar durante unas cuantas semanas. Es una mujer en la que se puede confiar; sospechaba que le había pasado algo. Nada grave, de todos modos. No me ha enseñado la cicatriz. Los hombres siempre la enseñan.

—¿Te he contado —le pregunté— que la Asociación Autobiográfica se ha trasladado a Northumberland, a la casa de sir Quentin?

—Fleur, no pienses más en esa gente. Ese empleo era pésimo. No era para ti. Me alegro de que Edwina también esté libre de ellos. Qué desagradable para ella tener un hijo loco. Quizá sea demasiado vieja para que algo le importe.

En ese momento decidí quitarme de la cabeza la novela. Ese fin de semana empecé a hablarle a Wally de la otra, *Día de difuntos*. Creo que le interesó bastante. Después de comer fuimos al pub de la zona a tomar algo. Volvimos caminando junto a la ribera y nos acostamos. Sencillamente fue un fracaso. Ansiosa por no distraerme y por evitar «no estar aquí» con Wally, mi mente se concentró demasiado en la situación inmediata. Descubrí que vigilaba cada detalle de la forma de hacer el amor de Wally, advertía todo, contaba cada segundo. Tenía plena conciencia de todo lo que hacíamos. Desesperada, traté de pensar en el general De Gaulle, pero fue peor, muchísimo peor.

—Creo que hemos bebido demasiada cerveza —dijo el pobre Wally.

A la mañana siguiente fuimos a caminar junto al río durante una hora. Después de la comida ordenamos la casita y volvimos temprano hacia Londres. Wally me dejó en casa poco después de las cinco.

A medianoche, otra vez Dottie. Me puse la bata y bajé a abrirle la puerta.

—Sir Quentin se mató anoche en un accidente de automóvil. Choque frontal —dijo.

—¿Y el otro coche? ¿Algún herido?

—Se mataron también —repuso Dottie con esa impaciencia que indicaba que estaba hablando con una imbécil incapaz de distinguir la paja del trigo.

—¿Cuántos en el otro coche?

—Dos, creo, pero lo importante es que...

—Gracias a Dios que murió —dije.

—Para que pruebe la validez de tu *Warrender Chase*.

—Nada que ver con *Warrender Chase*. Una situación totalmente diferente. El hombre era pura maldad.

—Estaban todos esperándolo —dijo Dottie.

Logré deshacerme de ella.

El tema de mi novela era absolutamente válido. Los hechos que yo había pintado, aun en una versión diferente de la realidad, podían suceder. Mi *Warrender Chase* era válido y decidí que el primer capítulo, el que me había obsesionado en la casita de fin de semana de Wally, podía perfectamente quedarse como estaba.

A las diez de la mañana llamé por teléfono a la señorita Fisher en Hallam Street. Me dijo que Edwina había recibido la noticia con mucha entereza. La había visitado el médico. Todo iba bien y Edwina estaba muy serena.

Después del funeral, Beryl Tims se me acercó y en presencia de Edwina me dijo:

—Tendrá que arreglar las cosas de lady Edwina. Los bienes de sir Quentin vuelven a ella y a mí no me ha dejado nada.

—Edwina, aquí está la señora Tims para darle su pésame —dije.

—La he visto —dijo Edwina.

La llevé en su silla de ruedas, erguida y con su atuendo de un negro reluciente. Lo que me chocó fue que Beryl Tims hubiese utilizado las mismas palabras que Charlotte durante el funeral de Warrender.

Desde el día del funeral hasta finales de junio, cuando me encontré sentada en la tumba escribiendo mi poema, Dottie me mantuvo extensamente informada sobre los miembros de la Asociación disuelta.

—Se preguntan —dijo— qué sucedió con las biografías. Nunca tuvieron oportunidad de leerlas.

—Edwina las destruyó.

—¿Tenía derecho a destruirlas?

—Supongo que sí.

—¿Por casualidad fue por tu influencia?

—No, solo me dijo que había ordenado a la señorita Fisher destruir los papeles. No había nada interesante en ellos y no tenía espacio suficiente para guardarlos.

—Pobre Beryl Tims. Sir Quentin le prometió dejarle algo. ¿Sabías que Eric Findlay se ha reconciliado con su mujer?

—No sabía que se habían separado.

—Te diré, Fleur, que la dejó por ti. Figuraba en su autobiografía. Tuviste relaciones con él. Lo vi escrito. Me lo enseñó sir Quentin.

—¿Lo había escrito él?

—No. Sin duda sir Quentin registró su versión verbal. Escribió lo que le dijo Eric.

—Bueno, pues no era verdad. Se lo inventó.

—Podría ser —dijo Dottie— que no fuera verdad. Por otra parte...

—Vete de aquí...

Y así continuó la cosa. Maisie Young tuvo una depresión nerviosa y se restableció, todo eso en las pocas semanas entre el funeral y mi día especial en el cementerio. Clotilde du Loiret había ido a pasar una temporada a un convento de Francia para volver a encontrar su alma, que, según sentía, había perdido. Dottie veía mucho al padre Delaney, a quien le gustaba llevarla a ver encuentros de lucha y que seguía consumiendo Dexedrina. La señora Wilks había vuelto con su familia, pero visitaba a diario la tumba de sir Quentin, donde conversaba con él. Al preguntarle a Dottie si alguien visitaba la tumba de «Bucks» Gilbert, me dijo:

—No, te recuerdo que el suicidio es pecado mortal. Ni siquiera deberían haberle dado cristiana sepultura.

Durante todo el mes de junio vi a Edwina con frecuencia. Y a Wally también. Quería llevarme otra vez a Marlow, a pasar un fin de semana mejor. Pero yo había decidido trabajar todos los fines de semana, segura de que muy pronto tendría que encontrar un trabajo a tiempo completo.

El día que siguió al de mi encuentro con el policía en el cementerio de Kensington fue un sábado, el 1 de julio. Ese día comenzó mi nueva vida. Recibí una carta de la importante y gloriosa Editorial Triad, antigua firma especializada en la publicación de buenos libros. Era una carta muy simple:

Estimada señorita Talbot:

Le agradeceremos que concierte una cita para visitarnos, aquí, a la mayor brevedad posible.

Atentamente,

Cynthia Somerville,
Editorial Triad

Edwina había hablado mucho de los Somerville de Triad, a cuyo tío abuelo había conocido. Creía que yo podría conseguir un empleo allí. Recordé que Solly también me había dicho: «Podrías conseguir trabajo en Triad». Pensé que Edwina, o Solly, me habían recomendado. La tarde siguiente se lo pregunté. Ese domingo no llevamos a pasear a Edwina. Creo que llovía. Tomamos el té en Hallam Street. Edwina había incorporado a su personal doméstico un sirviente apuesto y vigoroso, un viudo llamado Rudder, exmayordomo en una gran casa antes de la guerra y sargento principal en el ejército. Manejaba tan bien los cupones de racionamiento que Edwina podía ofrecer tés del máximo esplendor.

—No, yo no he hablado con nadie en Triad —negó Solly, estudiando la carta de ambos lados como si encerrase algún código secreto. Tampoco Edwina parecía saber nada del asunto.

—Quizá se refiera a ese libro suyo, señorita Fleur —dijo Rudder, que ya era casi como de la familia.

Según comentaba Dottie, se había vuelto «íntimo» de la señorita Fisher y entre ambos exprimían bien a Edwina. Esta era la versión de Dottie, pero por mi parte no vi que eso tuviese importancia, pues servían a Edwina con gran competencia. Rudder tenía mi carta en la mano.

—Para mí, quieren su libro. Por lo que dicen, están «agradecidos». Cuando uno va a buscar un empleo, no es el empleador quien está agradecido, sino usted. Ve, aquí pone: «Le agradeceremos que...».

—Dios mío —dijo Solly—. Les mandé *Warrender Chase* hace cuatro o cinco semanas. Lo había olvidado.

—Espero que sepan demostrar su gratitud —dijo Edwina con voz ronca.

Durante el resto del té, Solly habló del trío de la Triad. Dos hermanos y una hermana. Hacían todo al unísono.

—Pero será mejor que no tengas demasiadas esperanzas —me aconsejó Solly—. Tal vez solo se trate de un empleo. Quizá se hayan enterado de que necesitas trabajo y podrían tener una vacante.

—Bueno, algo es algo —dije.

No se trataba de un empleo. Se trataba de *Warrender Chase*.

Los tres famosos hermanos estaban sentados uno junto al otro, detrás de un escritorio. Eran Leopold, Cynthia y Claude Somerville en persona, árbitros del gusto y de las *belles-lettres*. Creo que compartían una misma alma. Los ojos melancólicos de un gris verdoso eran idénticos, las caras largas y ovaladas, muy parecidas. Leopold, el menor, de algo más de treinta años, daba un saltito en su silla cuando tenía algo muy interesante para decir. Cynthia permanecía perfectamente inmóvil, con las manos entrelazadas. Llevaba un vestido de color gris verdoso, que reflejaba el color de los seis ojos Somerville. Las mangas eran muy anchas y de aspecto medieval.

Claude era el mayor, de pelo gris. A él le tocó abordar el aspecto comercial, cosa que hizo con tal aire de disculparse, de lamentarse y avergonzarse, que resultaba casi cruel tener que discutir o cuestionar las cláusulas del contrato que, según advertí llena de júbilo, tenía listo en su escritorio y delante de los ojos.

El largo escritorio era ligero y brillante, sin hojas de papel secante, portalápices ni bandejas para correspondencia. Solo estaba mi *Warrender Chase* delante de Cynthia, una carpeta con informes de los lectores delante de Leopold y el contrato delante de Claude. Los tres estaban listos para que los retratara un pintor. No les faltaba nada, excepto un *Concierto Brandenburgués* de fondo. Sin embargo, estoy segura de que no lo hacían tan adrede como parecía. Es verdad, había algo de producción teatral en Triad, pero a través de los años aprendí que esta imagen conjunta y pública era algo instintivo y, aun diría, genial.

Se levantaron para recibirme y luego volvieron a sentarse, Leopold con un saltito extra.

—Nos gustaría muchísimo publicar su novela —dijo Cynthia. Los hermanos sonrieron al unísono con sonrisas no muy amplias, pero amables.

En aquel momento me habría costado mucho esfuerzo darme cuenta de que Cynthia mantenía una relación amorosa con un repartidor de frutas del mercado de Covent Garden, que Leopold andaba corriendo detrás de un director de jazz y que Claude estaba casado con una rica viuda norteamericana con tres hijos propios y dos de él. Mi impresión era que la Triad había surgido de la nada y que tan pronto como yo me retirase, a la nada regresaría todo.

Mientras acariciaba la carpeta con informes de lectores, Leopold me aseguró que eran tan contradictorios que resultaban estimulantes desde el punto de vista del editor. Saltando de su silla, dijo:

—Algunos quedaron encantados y otros la detestaron.

—Así tendremos un público de culto —observó Cynthia.

—No será un negocio, desde luego —acotó Claude.

—El consenso general —dijo Leopold— es que si bien la maldad de Warrender resulta subrayada en exceso, usted trata aquí un tema universal. —Saltito.

Afirmé que creía posible la existencia de gente como Warrender Chase en este mundo.

Los tres asintieron al unísono. Estaba segura de que entre quienes habían detestado el libro estaban Theo y Audrey Clairmont, que a veces leían obras para Triad. Años más tarde descubriría que el celo exagerado de sus esfuerzos por impedir la publicación de *Warrender Chase* había inclinado la balanza de Triad en favor del libro.

Hubiera querido llevarme el contrato y estudiarlo, deseo bastante razonable. Pero estaba fuera de mi alcance, fuera del de cualquiera que conozco, infligir a ese Claude tan bondadoso y cortés una puñalada tan honda. Lo firmé de inmediato, no sin antes comprobar que contenía una cláusula de opción. Claude percibió lo que estaba mirando.

—La opción tendrá lugar según términos a convenir —murmuró, como con la desalentada esperanza de que no me echara atrás. Luego añadió—: Consideramos esta redacción la más oportuna. —Enfatizó la palabra *oportuna* de modo tal que la desterró por un momento del ámbito de la firma de contratos.

El hecho es que era un buen contrato. El anticipo por derechos era la inusitada suma de cien libras, que yo necesitaba. Me dirigí a Cynthia y le anuncié mi próximo *Día de difuntos* y la novela que planeaba como tercera obra, *La Rosa Inglesa*. Cynthia me miró con sus ojos de un gris verdoso, Claude suspiró maravillado, y Leopold dio dos saltitos. Así comenzó mi larga carrera como novelista en la Editorial Triad.

Estiré mis fondos hasta noviembre, cuando debía publicarse *Warrender Chase*. Mal mes para publicar, pero las primeras novelas con un futuro incierto deben cederle el lugar a los éxitos seguros. Había corregido las pruebas y a esas alturas estaba completamente aburrida del libro. *Día de difuntos* ya estaba casi terminado y durante aquellos meses yo amaba ese libro con toda el alma.

Creo que fue en septiembre cuando Wally me llevó a visitar Cambridge. Fuimos a Grantchester, la casa de Rupert Brooke. «¿Se detiene el reloj de la iglesia a las tres menos diez?», recordé. El reloj de la iglesia estaba detenido a las tres menos diez. Por orden de la administración. Sentí una súbita repugnancia contra el reloj, Grantchester, Rupert Brooke y ese espíritu que siempre pregunta en el mismo poema si hay miel para el té. Se lo expliqué extensamente a Wally. No era del todo insensible.

—Espero que no me incluyas dentro de todo ese grupo —dijo.

Finalmente Wally terminó casándose con una Rosa Inglesa que sabía todo lo referente a protocolo y «precedencia» y era admirada por todos, incluso por la niñera de los niños. Con el tiempo Wally se convirtió en un embajador con una piscina de natación que estaba siempre rodeada de hombres destacados y sus consortes, a quienes Wally atendía de tanto en tanto: «Acabo de escaparme».

La Editorial Triad había hecho imprimir mil ejemplares de *Warrender Chase*, previendo vender quinientos.

—Pero podemos contar con algunas críticas favorables —dijo Cynthia por teléfono. Mandaron a un fotógrafo a que me hiciera una fotografía para la contracubierta.

A finales de octubre apareció la novela de Leslie, *Dos caminos*. Incluía el retrato de una mujer desalmada que competía con un pobre muchacho de los arrabales de Londres por el afecto del protagonista. Mi principal objeción al libro era la dicción. Leslie se esforzaba tanto por expresar los modismos, que había caído en la ortografía fonética, siempre, en mi opinión, un defecto literario. Cuando el joven *cockney* de Leslie, haciendo uso de esa jerga, le reprocha el tratamiento del que ha sido objeto, todo lo que habría necesitado decir —dado que el lector ya sabe que es un *cockney*— era: «No puedes hacerme eso». Algo bastante más agradable para el oído que la serie de sonidos casi ininteligibles que había elegido Leslie.

De cualquier manera, Leslie obtuvo dos críticas que Dottie se apresuró a exhibir. No eran muy buenas, pero eran mejor que nada.

Durante las dos primeras semanas siguientes a la publicación, no ocurrió nada importante con *Warrender Chase*. Me entristeció ese silencio, pero no muy profundamente, porque casi había olvidado la obra, tanto como apreciaba la nueva.

Un jueves por la tarde fui a la casa de Solly. Había prometido prestarme un poco de dinero para pagar el alquiler, mientras yo esperaba el pago de algunas reseñas y artículos. Además, le debía dinero a un dentista cuya secretaria comenzaba a perder la paciencia. Durante todo el día me abstuve de contestar el teléfono, convencida de que las llamadas insistentes eran de ella. El conserje de la casa se ofendió cuando le pedí que, al responder la centralita, le dijese a todo el mundo que había salido. Me dijo que no le gustaba mentir. Aclaré que decir que no estaba en mi casa no era mentir. Lo aceptó formalmente, pero su voz sonó hosca.

Solly estaba, como siempre, en medio de un desorden de diarios y periódicos.

—No me gusta pedir prestado pero te lo devolveré muy pronto —le dije.

—Deberías preocuparte... —dijo Solly, sonriente en medio de los diarios abiertos sobre su escritorio y sobre una silla. Había varios semanarios. También vi el *Evening Standard*, y entonces reconocí mi fotografía. Habían aparecido críticas de *Warrender Chase*, todas favorables y a varias columnas. Solly me dijo que tenía datos anticipados de los diarios dominicales y que en ellos también ocurriría lo mismo. La fotografía del *Evening Standard* tenía este epígrafe: «Fleur Talbot, en la biblioteca tapizada de libros de su residencia urbana». Todo esto sucedió hace mucho tiempo.

Recuerdo que Theo Clairmont, uno de los comentaristas dominicales, decía que sin duda se trataba de un libro importante, pero que era probable que la autora nunca pudiese escribir otro. La profecía no se cumplió, ya que *Día de difuntos* obtuvo tanta aprobación como *Warrender Chase* y lo mismo sucedió con *La Rosa Inglesa* y los que le siguieron, con algunos más, y con otros, menos.

Hay algo más que recuerdo de aquel día en que fui a pedirle dinero prestado a Solly para pagar mi alquiler. Cuando volví a casa, allí estaba el señor Alexander en la puerta para darme una gran bienvenida con un ejemplar del *Evening Standard* en la mano. Me invitó a beber algo con su mujer. Le dije que otro día. El conserje también estaba muy agitado, pues no sabía qué hacer con los mensajes telefónicos, y a la vez estaba fascinado por mi fotografía en el periódico. No estaba del todo convencido de que no estuviese involucrada en algún asunto turbio.

Recuerdo que Leslie me hizo una visita aquella noche. Me felicitó por mi buena suerte.

—Claro, el éxito popular... —Y no terminó la oración. Luego añadió—: De todos modos, siempre seré tu amigo. —Como si me hubiesen excarcelado con libertad condicional.

Los mensajes telefónicos aumentaban. Tenía ya un buen número tomado por el conserje y hacia las nueve de la noche se había acumulado una cantidad similar. Me los llevé a la cama con una sensación de desconcierto. Los leí uno por uno. Algunas de las personas a las que debía llamar eran la señorita Maisie Young, la señora Beryl Tims, la señorita Cynthia Somerville de la Editorial Triad, el señor Gray Mauser, el editor especial de *Good Housekeeping*, revista femenina, el editor literario del *Evening News*, el señor Tim Sutcliffe del Tercer Programa de la BBC y el señor Revisson Doe. Había muchos otros, incluso el de Dottie.

La llamé. Me acusó de haber urdido y tramado todo.

—Sabías bien lo que hacías —me dijo.

Reconocí haber actuado con segundas intenciones en Hallam Street y le anuncié que pensaba irme a París la mañana siguiente.

En realidad, me refugié en casa de Edwina en Hallam Screet durante unas semanas hasta que disminuyó un poco el alboroto en relación con mi libro. Tenía que trabajar. El éxito es un tema como cualquier otro y en aquellos momentos lo conocía demasiado poco como para poder considerarlo y responder a preguntas sobre él. En aquellas semanas la Editorial Triad vendió los derechos para Estados Unidos, para la publicación en libro de bolsillo, los de filmación y la mayoría de los derechos extranjeros de *Warrender Chase*. Adiós, adiós, pobreza mía. Adiós, juventud.

Todo fue hace mucho tiempo. Desde entonces escribo con esmero. Espero siempre que quienes lean mis novelas sean lectores de buena calidad. No me gusta pensar que una persona vulgar lea mis libros.

Edwina murió a los noventa y ocho años. Su sirviente Rudder y la enfermera Fisher se casaron y heredaron toda su fortuna.

Maisie Young abrió un restaurante vegetariano que prosperó bajo la dirección de Beryl Tims.

El padre Egbert Delaney fue arrestado en el parque por exhibicionista y enviado a un centro de rehabilitación. Después de ese episodio, Dottie, mi principal informante sobre ellos, le perdió la pista.

Sir Eric Findlay murió en buenas relaciones con su familia, tras haber vivido lo suficiente como para ganarse fama de excéntrico antes que de loco.

La baronesa Clotilde du Loiret también murió en la década de los sesenta, en California, donde se unió a una secta religiosa altamente organizada. Según Dottie, murió en los brazos de su líder espiritual, un místico de Oriente.

No tengo la menor idea de lo que le sucedió a la señora Wilks.

Pero a quien lloro de verdad es a Solly Mendelsohn. Solly, taconeando y rengueando por la colina de Hampstead con su gran cara pálida de vida nocturna. Ay, Solly, amigo, mi amigo.

Dottie se ha casado y divorciado tantas veces que no recuerdo cómo se llama en este momento. Yo vivo en París y el actual marido de Dottie, un periodista, la trajo aquí hace unos años. Tiene problemas con sus hijos. Tiene el nieto más feo que he visto en mi vida, pero ella lo adora. Cuando está tensa, Dottie se para por la noche bajo mi ventana y canta *Auld Lang Syne*, canción que los franceses nunca logran apreciar a la una y veinticinco de la madrugada.

El otro día, cuando fui a visitarla a su apartamento y discutimos porque me acusaba de escabullirme de la vida real, no como ella, salí al patio interior, exasperada como de costumbre. Unos niños jugaban al fútbol y el balón voló hacia mí. Le di una patada con una gracia fortuita que no habría logrado si hubiera estudiado el asunto y me hubiera esforzado. El balón voló por el aire y cayó en las manos expectantes de un niño. El niño sonrió. Y así, habiendo entrado en la plenitud de mi vida, por la gracia de Dios y llena de alegría, sigo mi camino.

BOB7

GRACE METALIOUS

Peyton Place

*

BOB8

SANTIAGO LORENZO

Los huerfanitos

*

BOB9

HOWARD BUTEN

Cuando yo tenía cinco años, me maté

*

BOB10

SANTIAGO LORENZO

Las ganas

*

BOB11

ENRIQUE JARDIEL PONCELA

La «tournée» de Dios

*

BOB12

PERCIVAL EVERETT

*

BOB13

LAIRD HUNT

Neverhome